「愛宕」艦尾より見た4、5番砲塔。それぞれ右砲は装塡位置、左砲は仰角を上げた射撃位置にあり、交互射撃の姿勢になっている。1、2、3番砲塔は船体前部に配置。主砲は正8インチ砲(20.3センチ砲)が採用され、「妙高」型の主砲に比べ、わずか0.3センチの差でも格段に威力が増した。

(上)昭和8年度特別大演習観艦式前日、横浜港桟橋における「愛宕」。
同艦は御召艦「比叡」の供奉艦として参列。(下)横須賀での「愛宕」。
昭和9年11月3日の撮影。明治節の記念で満艦飾が施されている。

NF文庫
ノンフィクション

新装版

「愛宕」奮戦記

旗艦乗組員の見たソロモン海戦

小板橋孝策

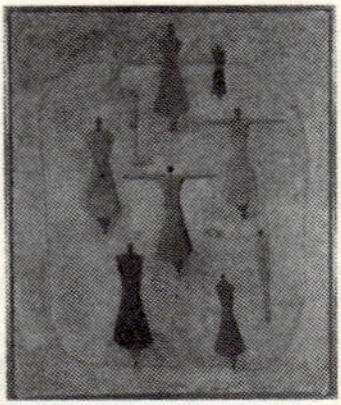

潮書房光人新社

はじめに

太平洋戦争は、開戦当初、二つの大作戦が計画されていた。一つは、極秘に計画・進行されていたハワイ奇襲作戦であり、もう一つは、南方進出作戦である。

もともと、この太平洋戦争の発端は、日本の南方資源の確保ということであった。その南方進出作戦の最高指揮官は、当時、第二艦隊司令長官であった近藤信竹海軍中将（後に大将）である。

昭和十六年（一九四一年）十一月二十九日、この第二艦隊は、九州・佐伯湾を出港し、最初の進出地である仏印（ベトナム）のカムラン湾めざして南下を続けていた。そして、この近藤長官が座乗する第二艦隊旗艦「愛宕」（重巡）の艦上にあって、艦長伝令として常に戦闘を一望する配置にあった高橋武士一等水兵（後に上等兵曹）は、毎日の艦上生活をベース（もと）に、その戦闘の模様をつぶさに記録していた。

開戦当初は、連戦連勝、破竹のような勢いであったが、それもミッドウェー海戦の敗北を境に、次第に後退してゆくという経緯が、この記録を読むと良くわかる。またこの記録によって、艦隊の航進途中の状況など、兵からみた艦上の動きを知ることもでき、新しい発見と思われる。

高橋兵曹は、ソロモン海戦では、伊集院艦長（大佐）の伝令として、見張りと伝令――一心同体の連携プレーで、暗夜のソロモン海上に活躍する。

すなわち、敵の新型戦艦の三連装の主砲を、その連携プレーによって、一瞬早く沈黙させ、それを見事に落伍せしめる。その間、わずか二、三秒の差であった。

このわが方の砲撃の一瞬の早さが、すべての勝敗を決定づけたのである。それは、艦長と見張員との信頼という強い絆の上に立った見事な決断と実戦行為であったといえよう。この快勝は、敵機の投下する吊光投弾より一瞬早い、わが探照灯の照射による二十センチ砲の砲撃が功を奏したのである。

また、こうした勇ましい心躍る海戦の陰にあって、縁の下の力持ち的役割を果たす重油船の絶えざる活動が記録されている。この重油船は、常に艦隊に影の如く付き添いながら続航し、戦い続ける艦隊に補給するのであるが、護衛もままならぬ危険と苦闘は言語に絶する。

かくして、ミッドウェー海戦に敗れたわが連合艦隊は、ソロモン攻防戦のあと、ガダルカナル島撤退から次第に〝転進〟を余儀なくされてゆく。そして、リンガ泊地に後退し、次の作戦に備えざるを得なくなった。その頃から、南方の島々も形勢次第に怪しくなり、撤退から玉砕への道が敷かれはじめたのである。

太平洋戦争開戦時、第２艦隊旗艦重巡「愛宕」に勤務し、艦長伝令として常に戦闘を一望する配置にあった高橋武士一等水平(後上等兵曹)。下写真は「愛宕」後甲板にて、左から２人目、左写真は艦橋で手旗信号中の高橋一水。

▷昭和５年６月16日、呉工廠で進水する「高雄」型２番艦「愛宕」。△全力公試運転中の「愛宕」。昭和７年２月12日、宿毛湾外で行なわれた。▽竣工直後の「愛宕」。昭和７年３月、呉工廠から横須賀軍港へ回航される直前の「愛宕」で海軍省公表写真である。１万トン級重巡の堂々たる姿をとらえた写真である。

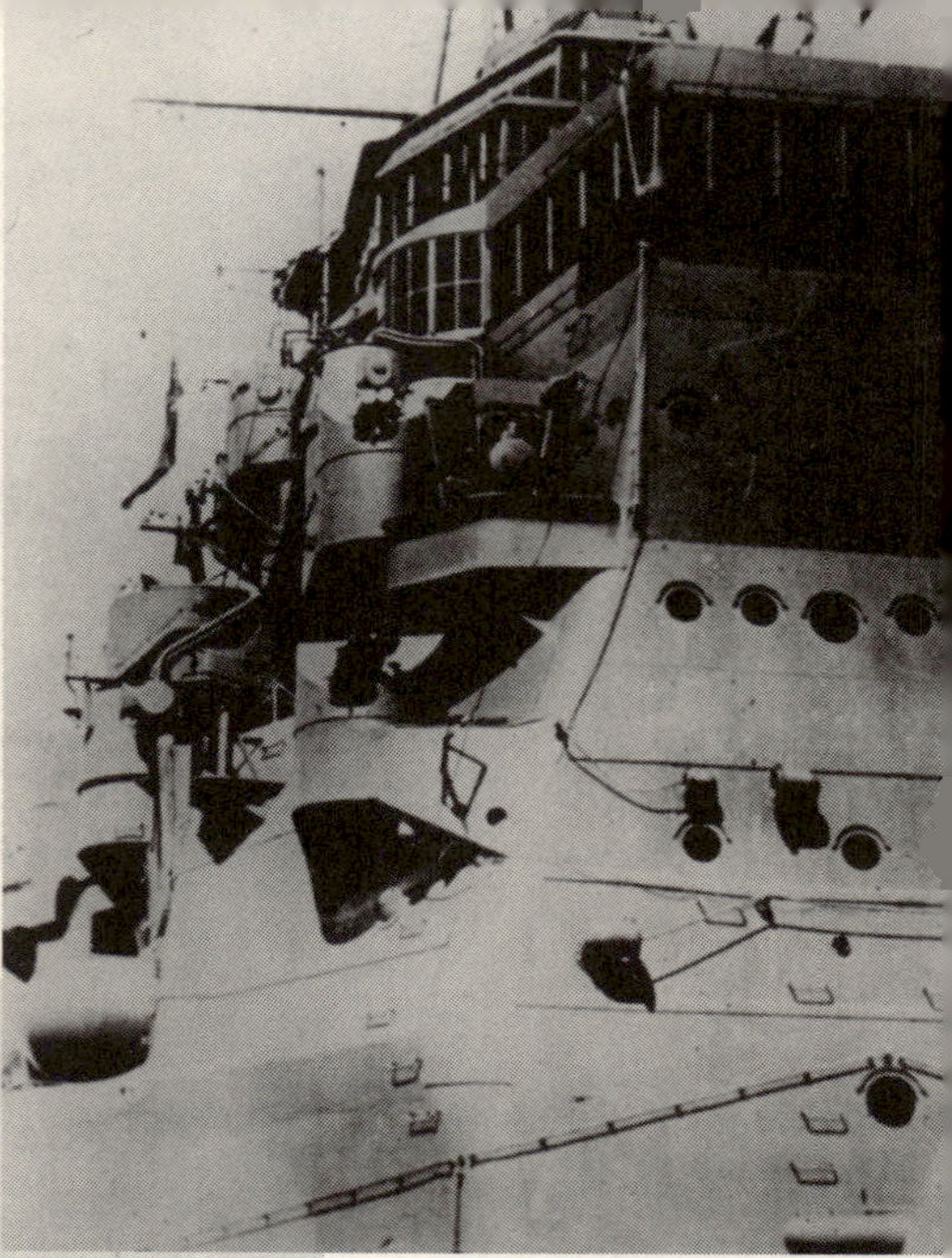

城郭を思わせるような巨大な「愛宕」の艦橋構造物。「高雄」型の艦橋は測的所、羅針艦橋、操舵室、各種指揮所などの通常の指揮管制施設に加えて、通信室のほか艦隊司令部施設として作戦室、長官室、休憩室なども配置したため、上甲板から10層に到る大きな構造物となり、特徴となった。

昭和7年4月、横須賀軍港の「愛宕」。艦尾にボート繋船桁が展張され、内火艇などが接舷し、補給品が搭載されている。舷側では塗装作業が行なわれている。左ページ上写真は左写真と同じ時のもので、旋回式連装発射管や単装高角砲などの艤装状況が良くわかる。

■昭和７年(新造時)の「愛宕」■　　(カッコ内は昭和13年の近代化改装後の要目)
基準排水量11350(13200)トン、公試排水量12986(14838)トン、水線長201.67メートル
最大幅18.03メートル、馬力130000(133000)、速力34.0(34.1)ノット、20.3センチ砲10門、12センチ高角砲4門(12.7センチ８門)、61センチ魚雷発射管16門、水偵搭載２機

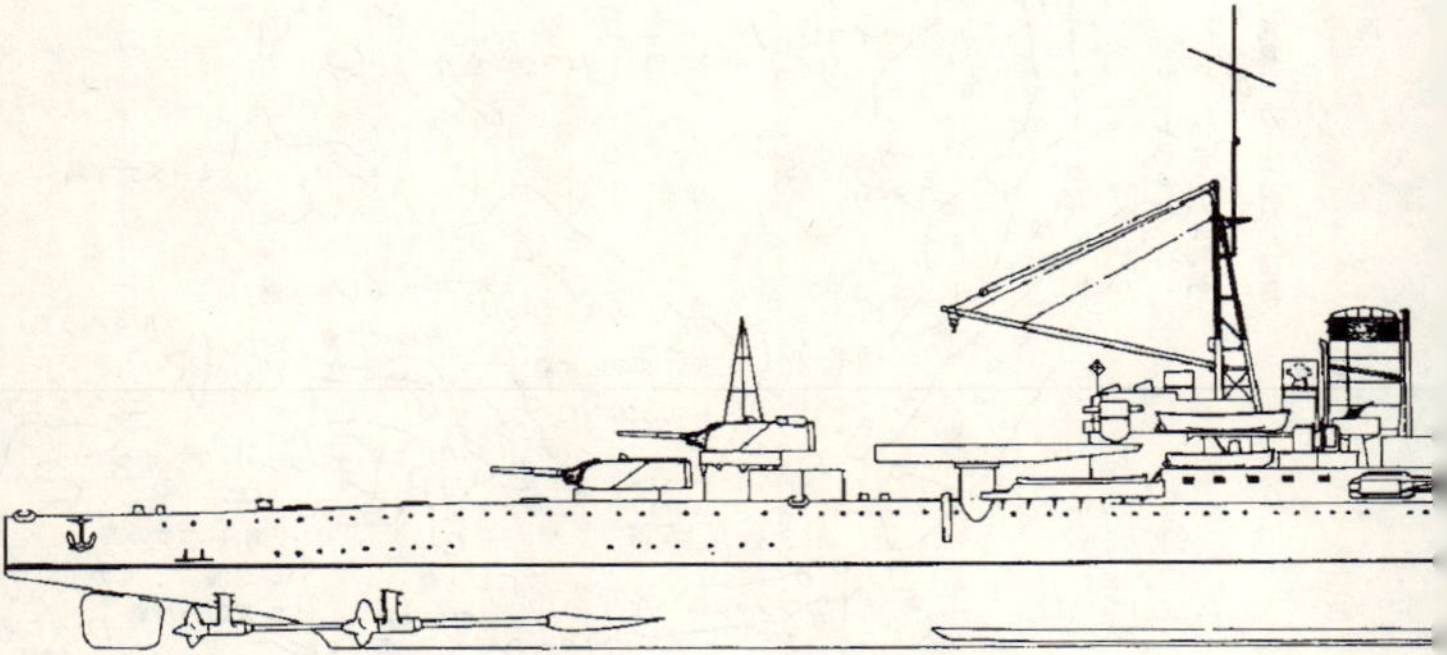

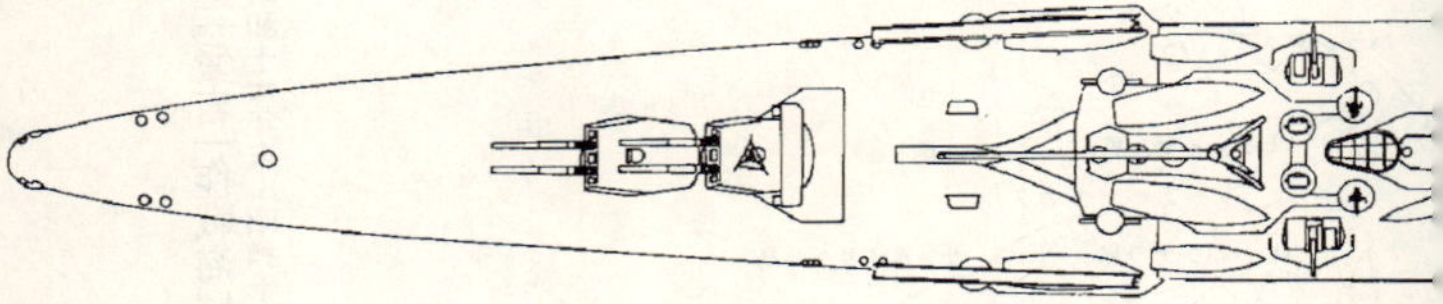

作図・石橋孝夫

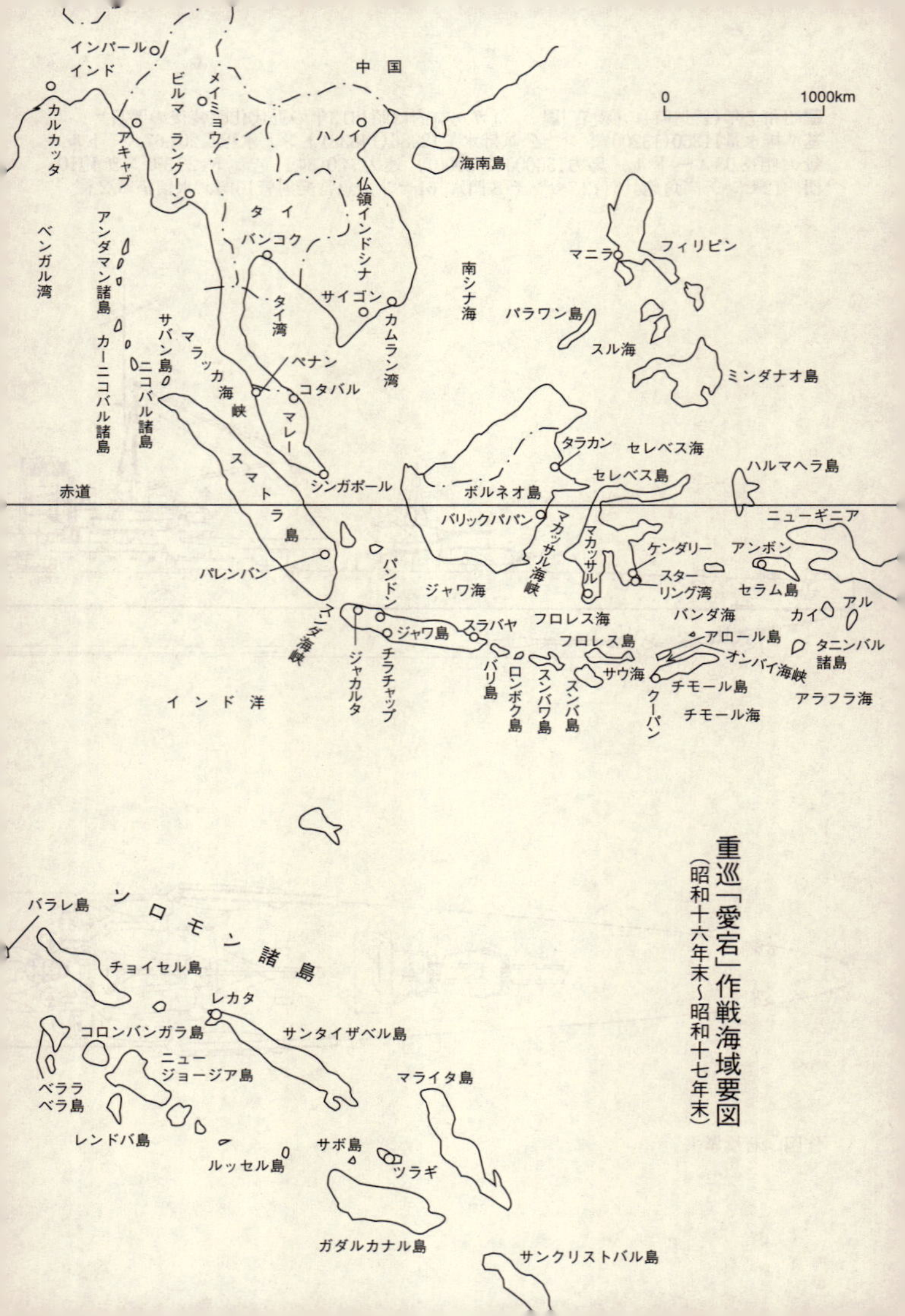

重巡「愛宕」作戦海域要図
（昭和十六年末〜昭和十七年末）

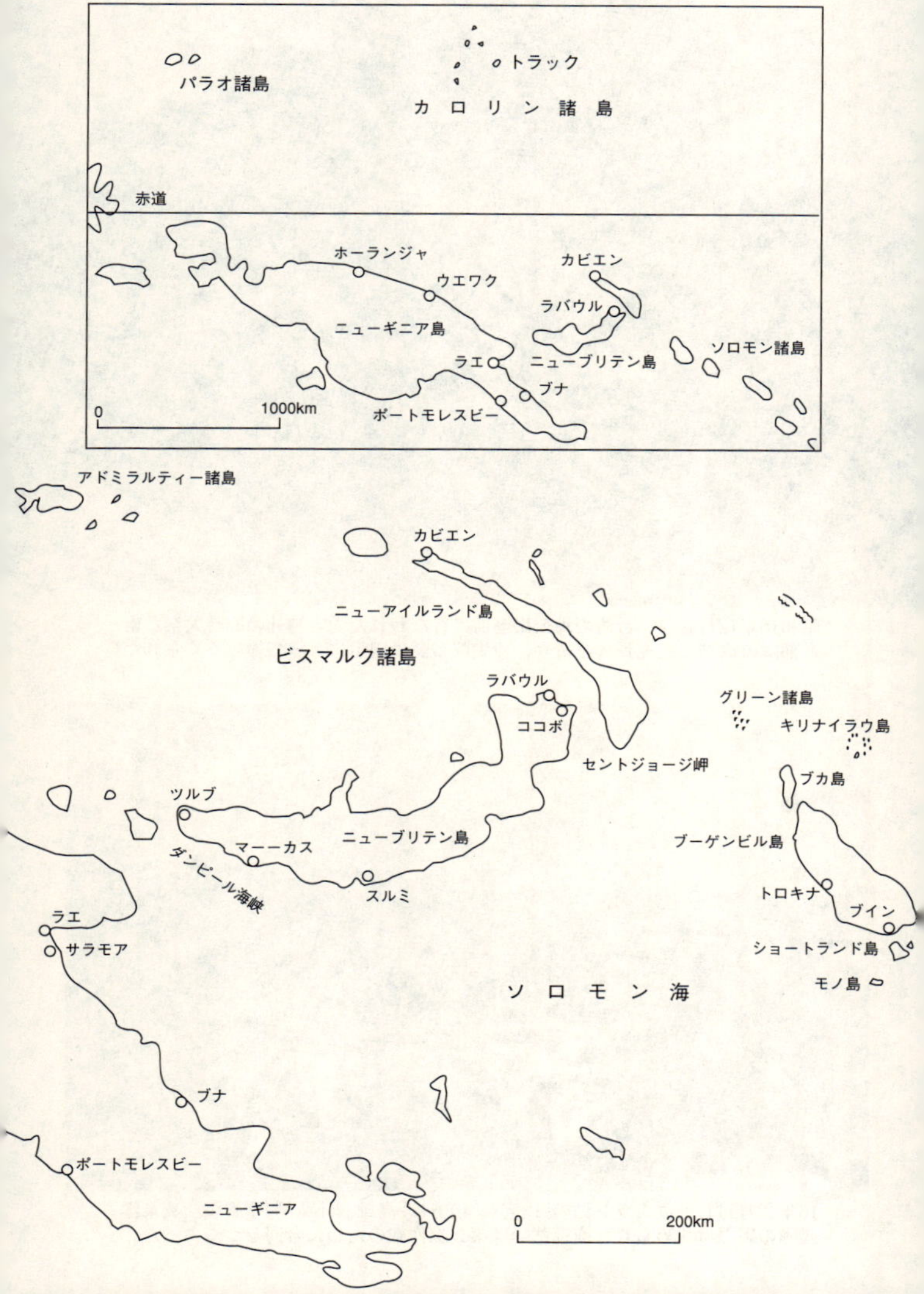

トラック
パラオ諸島
カ ロ リ ン 諸 島
赤道
ホーランジャ
ウエワク
カビエン
ラバウル
ニューギニア島
ソロモン諸島
ラエ
ニューブリテン島
ブナ
0
1000km
ポートモレスビー
アドミラルティー諸島
カビエン
ニューアイルランド島
ビスマルク諸島
ラバウル
グリーン諸島
ココボ
キリナイラウ島
セントジョージ岬
ブカ島
ツルブ
マーーカス
ニューブリテン島
ブーゲンビル島
ダンピール海峡
スルミ
トロキナ
ラエ
ブイン
サラモア
ショートランド島
モノ島
ソ ロ モ ン 海
ブナ
ポートモレスビー
ニューギニア
0
200km

昭和16年12月３日、台湾の馬公出港前に行なわれた愛宕神社の臨時大祭。南進部隊の成功と武運長久を祈り、伊集院艦長の訓示によって締めくくられた。

16年12月11日、カムラン湾の「愛宕」。後方は「高雄」と「金剛」型戦艦。英東洋艦隊の戦艦は沈められ、南進部隊は第２次作戦のために合同しつつあった。

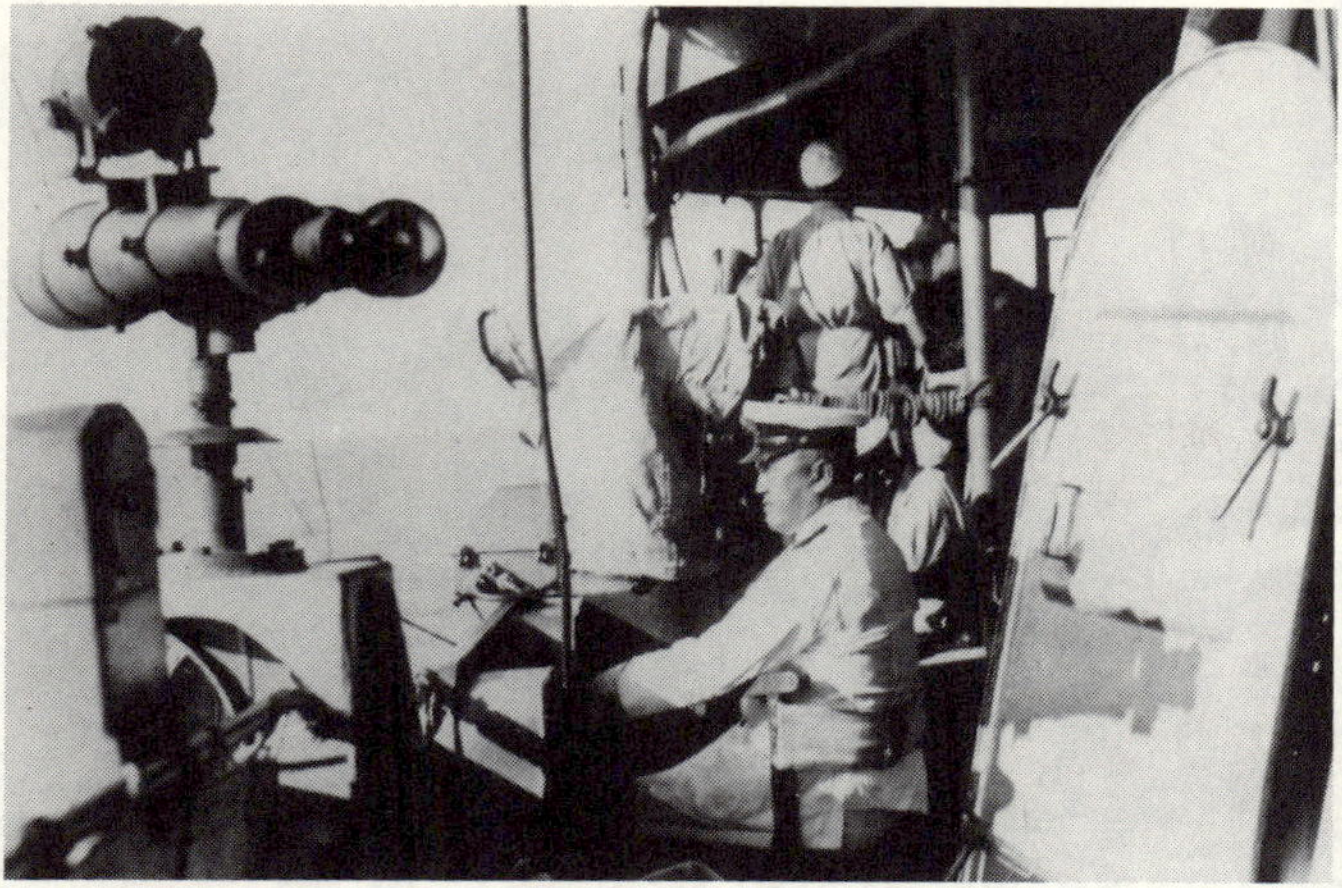

17年２月28日、東インド洋を索敵行動中の「愛宕」艦橋内。手前は第２艦隊司令長官近藤信竹中将。ジャワ攻略戦の直前である。下写真は３月７日、セレベス島ケンダリーに入港直前の「愛宕」。艦首には味方識別の日章旗がある。

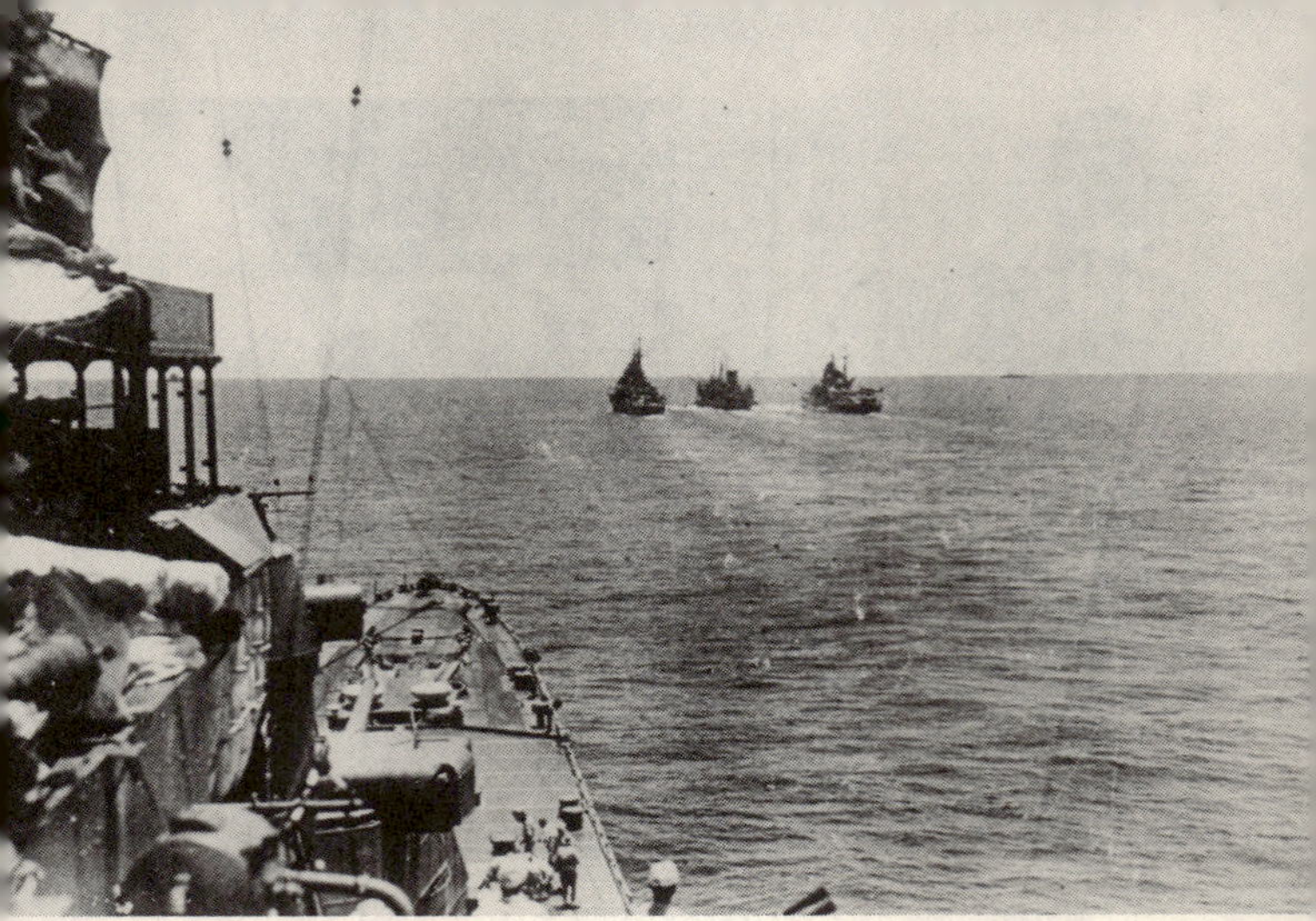

上写真は洋上給油(曳航補給)をうける「筑摩」(右)と「摩耶」(左)を「愛宕」から撮影。下写真は南太平洋上で補給する「愛宕」。戦闘間の消費量は膨大である。

昭和17年1月末、パラオにて輸送船に横付けして燃料の補給をうける「愛宕」。
艦橋の要所にマントレットが施されているが、対空兵装の脆弱さが見える。

本ページの2枚はミッドウェー攻略のために進撃中の「愛宕」。右写真はヤードに「不関旗」を掲げ（旗艦の場合は「わが行動に従うを要せず」の意）ているので、6月2日の洋上補給のため艦列をはなれたところであろう。主砲塔右舷甲板には給油用の蛇管が用意されている。12センチ単装高角砲は12・7センチ連装高角砲に換装され、対空兵装は強化されている。下写真は後甲板より後続する「鳥海」「妙高」「羽黒」を撮影。給油に向かう前日のものと思われる。

ガ島攻撃の支援部隊として行動中の「愛宕」。上写真は17年８月27日、同航艦は「高雄」「摩耶」「陸奥」。下写真は８月30日、「高雄」「摩耶」「妙高」が後続する。

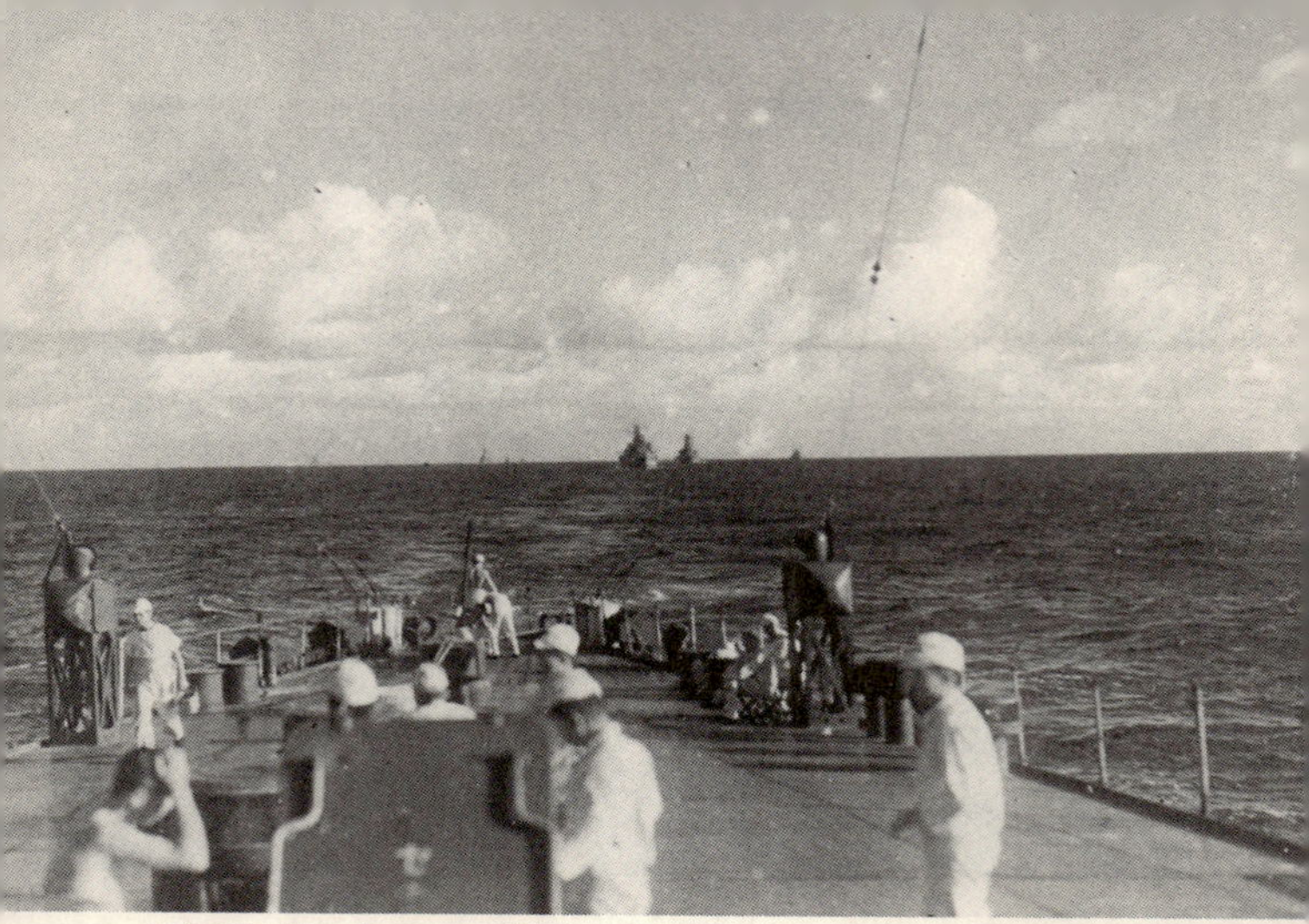

17年10月14日、トラックを出撃し、ガ島攻撃に向かう「愛宕」より撮影。後続するのは「金剛」「榛名」である。この後「愛宕」は南太平洋海戦に参加している。

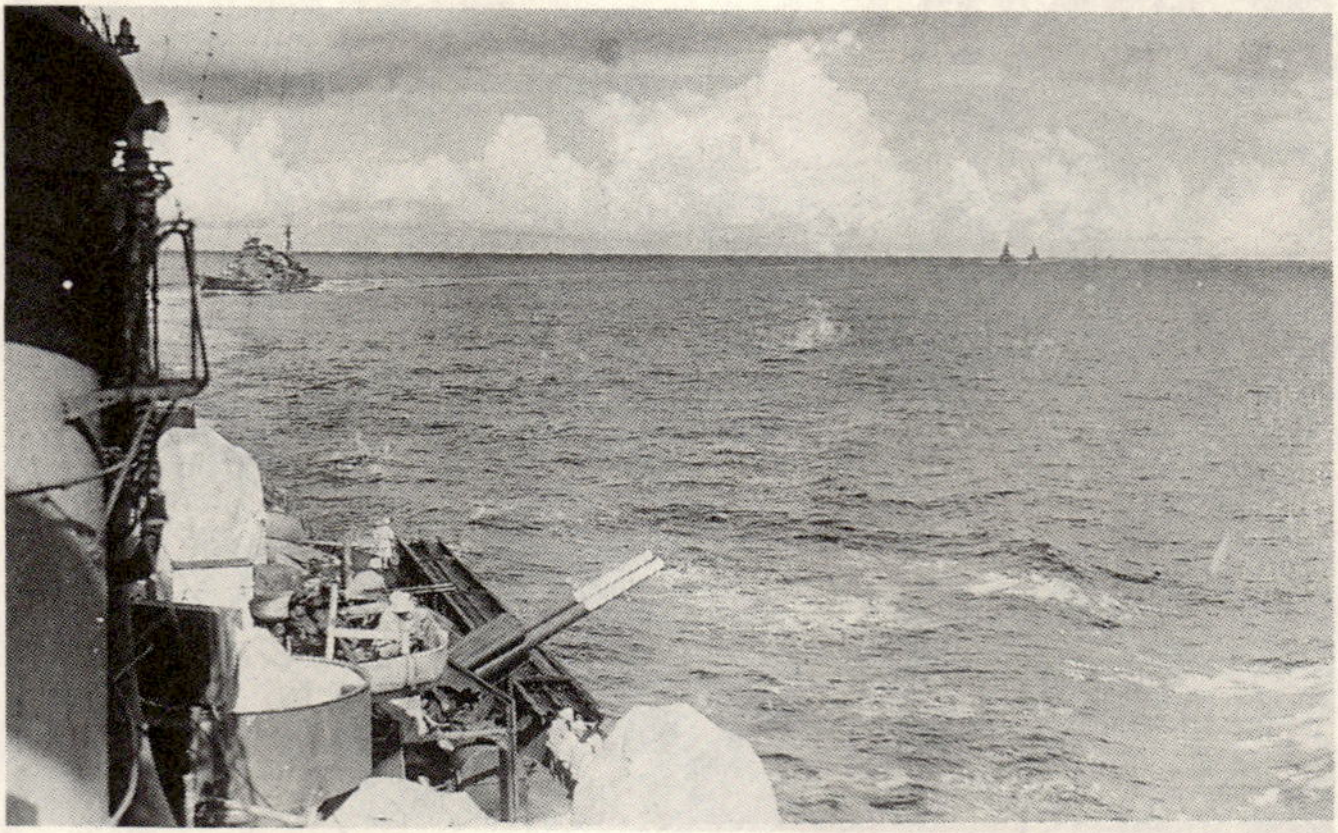

17年11月９日、トラックを出撃し、ガ島砲撃に向かう「愛宕」。後続は「高雄」「比叡」「霧島」「長良」。14日夜、「愛宕」はガ島沖で激しい砲撃戦に遭遇する。

17年11月14日、第３次ソロモン海戦の２次戦闘に向かう「愛宕」より「高雄」を撮影。「高雄」の後檣の前に見えるのは翌日沈没する「霧島」の前檣楼である。

第３次ソロモン海戦の２次戦闘において軽微な損傷をうけた「愛宕」の側壁。

南方部隊の戦歿者を弔う洋上慰霊祭。17年11月22日には、トラック島において前進部隊の慰霊祭が行なわれ、山本五十六連合艦隊司令長官も参列した。

「愛宕」奮戦記——目次

第三章　ソロモン消耗戦始まる

第四章　ガ島決戦へ

第五章　ガ島総攻撃開始

第六章　果てしなきソロモンの戦い

写真提供／愛宕会・著者・雑誌「丸」編集部

「愛宕」奮戦記

旗艦乗組員の見たソロモン海戦

第一章　順風満帆の緒戦

緊張の開戦前夜

昭和十六年十一月十九日、水曜日——。

連合艦隊は訓練を終え、瀬戸内海から九州周辺の近海に集結していた。

この時、日米会談は次第に緊迫の度を加えて、巷には「米英討つべし」の声が充満し、日米間は一触即発の状態に追い込まれつつあった。

ここ緊張みなぎる九州・佐伯湾、そこに碇泊する巡洋艦隊旗艦「愛宕」の艦橋にあって、出港準備に忙しい空母艦隊の風景を眺め、その出港を待っているのは、南進部隊最高指揮官であり第二艦隊司令長官である近藤信竹海軍中将である。参謀たちに取り囲まれて海上を見詰める長官のその眼光は鋭く、しかも異様に輝いている。その胸中には、十二月八日、すでに陸海軍打ち合わせのハワイ奇襲作戦が秘められていたのである。

「第一航艦出港準備完了！」

「『赤城』、錨を揚げました！」

「前進微速！」

「『赤城』、敬礼してます！」

見張員の報告が続く。

「信号員長！　ラッパ用意！」

「気を付け！」

当直将校の甲高い声が響く。

慌ただしい出港風景である。静かな海上を滑るように出港してゆく空母艦隊。港内に残る艦船の乗員たちは、それぞれ、上甲板に駆け上り、帽子を振りながらこの出港を見送っている。いつもある艦隊の出港風景である。

しかし、本来ならば各艦ともこれから母港へ向かうという胸ふくらませる楽しい出港風景であるはずであるが、この日ばかりは少し違っていた。

「空母艦隊は、北上するらしいぞ！」

「どこへ行くんだろう」

「いよいよ開戦かな」

そんな囁きが、あちこちから洩れ、耳に入ってきた。

この頃、広島県柱島泊地に碇泊する連合艦隊旗艦・戦艦「長門」の艦上では、司令長官・山本五十六海軍大将が、すでに発動された作戦に異常な緊張を覚えて、長官室に座って、じーっと瞑想に耽っていた。

その頃、十一月五日にすでに決定したわが帝国国策遂行要領に基づく対米交渉は、必死に続けられており、いよいよ、大詰めを迎えていた。そして、もしこの交渉が不成立に終わった場合の予定行動として、太平洋全域にわたる開戦準備が行なわれていた。その最大目的が、機動部隊によるハワイ奇襲作戦である。

開戦後の作戦は大きく二つに分かれ、このハワイ奇襲と併行して、さらに南方進出作戦が計画されていた。これまでに決定していた開戦直後の作戦は、ハワイ、フィリピン、マレーの三方面同時攻撃である。

十一月二十六日、水曜日——。

ハワイ奇襲作戦に向けて、わが国の南雲機動部隊が千島列島・単冠湾《ひとかっぷ》を最初に密かに出撃したその前日、すなわち、十一月二十五日、英国はすでに先発した戦艦レパルスの後を追うように、新型戦艦を出港させたのである。

その英国東洋艦隊の旗艦プリンス・オブ・ウェールズは、司令長官旗を靡《なび》かせながら、駆逐艦二隻を従えて、堂々と英国を出発し、英海軍極東の拠点・シンガポールに向かったのであった。

十一月二十九日、土曜日——。

朝は静かに明ける。

大分県佐伯湾に碇泊中の巡洋艦隊は、朝靄《もや》に包まれた海上で、すでに夜明け前から暖機を開始しており、機関の出港準備は着々と進んでいた。ここ佐伯湾も、つい先日までは暑い暑いと思いながら訓練を続けていたのであるが、もうめっきり寒くなり、肌寒い北風が波に乗って吹き出してくる。

もう、十一月もそろそろ終わりだ。

信号用の手旗台に上った高橋一水は、「おお、寒くなったなあ」と、思わず独り言のように呟いた。

夜明け前の当直に立てば、寒さは格別である。外套を着ても、吹き上げてくる潮風にブルブルと震えてくる。沖の水の子灯台も、なんとなく寒さに怯《おび》える如く、時々、靄を通して淡い光を放っている。不気味に沈黙を続ける海面をじいっと見詰めていると、やはり、ここは佐伯湾であり、なんの変わりもない海面である。

しかし、高橋一水にはなんとなく、いつもの佐伯の海とは違うように思えてならない。自分の心のうちの反映かも知れないが、どことなく緊張感が海に漂っているように思えてならない。なにか、どえらい事件が起こりそうな、そんな張り詰めたような空気の不気味な海である。海がそのような予感を知らせているのかも知れない。先日、呉入港での上陸が、おそらく最後の上陸になったのであろう。

下級兵である若者には、この先、いかなることが勃発するのか、そんなことは計り知ることはできない。しかし、直感として肌で感じるものがある。そうなると、内地の山々も海も今日限りかと思えて、懐かしさはひとしお身に染みて感じられる。去り難い哀愁に心捕らえられ、離別の思いのつらさが、ひしひしと感じられる。

艦橋に立った高橋一水は、いつしか、心を懐郷の思いに奪われていた。今ごろ、家の者たちは何をしているのだろうか。父母や弟や妹たちは、皆そろって元気でいるであろうか。それなら本当に嬉しい。心からそう念じたい。だが、「粉骨砕身」、海の藻屑となって国のために殉ずる覚悟で出て来た自分である。いまさら、つまらない未練心などはさらさらない。懐郷、望郷の念もさらりと捨てたい、捨てなければならないのだ。

このような高橋一水の気持ちを断ち切るように、内地の丘や山々と別れを告げる出港用意のラッパが高らかに、しかも、いつもと異なった音色で辺りに響き渡る。十一月二十九日午前九時である。

豊後水道の急流に巻き込まれるように、艦隊は次々と走り出す。思い出深い水の子灯台を左に見ながら、丘も山々も緑茶色に見える九州と四国の間を南下。鹿児島半島を遠くに見、大隅海峡を通らず、種子島に接近するように前進原速（十二ノット＝時速約二十二キロ）をもってさらに南下を続ける。周囲を警戒しつつ、「敵さん来たれ」と張り切っている。

ときどき見える小島を両舷に、次第に征戦におもむく気分になり、故郷を思うことなど、いつの間にやらどこかへ吹き飛んでしまう。

十一月三十日、日曜日――。

二日間の航海も、はや終わりに近づく。

横当島《よこあて》という無人の小島に、主砲の実弾射撃を試みる。敵前上陸の掩護射撃の訓練のようだ。しかし、この島は土が柔らかいのか、二十センチ砲弾（徹甲弾）は爆発しないようだ。この島は、昔からこのように射撃訓練の目標に使われている島らしく、名前も横当島と呼ばれているのだ。

艦隊は沖縄を越え、石垣島も過ぎ、台湾の北端に接近。アジンコウ島灯台の灯が見える。キールンももう目前だ。

十二月二日、火曜日――。

澎湖諸島の低い島々が見え出してくる。

正午、第一の目的地・馬公へ入港する。内地を出る時、帽子を振って作戦の成功と武運長久を祈り合って別れたあの第四水雷戦隊と、重巡「足柄」、軽巡「球摩」「名取」などの精鋭が、もうすでに打ち揃って入港している。

馬公は、海軍五大要港の一つである。この要港には警備府や航空隊、軍需部などの諸設備が完備しており、海軍によって栄えている街でもある。

だいぶ南進したので、暑くなってきた。内地ではあのように寒かったのが、急に暑くなって、軍服と襦袢《じゅばん》一枚だけでも艦内では暑くて堪らない。これからさらに南進を続けると、ますます暑さは増すばかりである。先が思いやられてくる。しかし、今日はボーナスをもらい、先日もらった三ヵ月の俸給と合わせてフトコロは暖かくなったが、なんといっても、使うところがなくて弱っている。三十円を貯金にし、三十円を家に送ることにした。これから先も当分は金の使い道はないはずである。

それなら、使わずに死んでしまうより、故郷の家に送ったほうがましであろう。こんなとなら、呉でもっと使って遊んでくれば良かったと、いささか残念でもある。

今までは、いつも家から小遣いを送ってもらっていた高橋一水である。

「これも心境の変化による親孝行かな！　この為替が着いたら、家では母がさぞ驚くことだろう」

隣にいた戦友の富沢が、思わず吹き出してしまった。

「高橋のお母さん、びっくりして卒倒するんじゃないか」

と、つまらぬ心配をしている。

この日、英国東洋艦隊の主力、プリンス・オブ・ウェールズは、途中セイロン島でレパルスと合流して、シンガポールのセレター軍港に入港した。その埠頭には観衆が群がって大歓迎で、英国ではこの東洋艦隊主力のシンガポール入港を、ラジオで世界中に放送していた。

この華やかな英国艦隊の入港風景とは対照的に、この日、瀬戸内海に碇泊中のわが連合艦隊旗艦「長門」の艦上から、日米開戦決定の暗号電報「新高山登れ一二〇八」が極秘のうちに発信された。

この暗号は、わが海軍の全艦隊で受信され、乗組員全員、緊張と興奮に包まれた。

十二月三日、水曜日――。

世紀の開戦決定の後、馬公出港を前にして艦長以下全員が集まり、征戦祈願をするため愛宕神社(艦内にある)の臨時大祭を行ない、わが南進部隊の成功と武運長久を祈った。南進部隊総指揮官・近藤信竹中将をはじめとして、参謀長や参謀など司令部職員も参加し、その祈願は厳かに行なわれた。

祈願が終わって、艦長の訓示。最後に、

「みんな、一緒に元気でやろうぜ」

と伊集院艦長は結んだ。乗組員一同、感激して解散する。

南方進出一千カイリ

十二月四日、木曜日――。

南進部隊は、一斉に錨を上げて作戦行動を開始。

この日は朝から時雨れていた空模様も曇天となってそのまま収まり、海上は鏡のように静かである。

一四四五、まさにこの時刻、全艦哨戒しながら出港した。この推進器の一回転こそ、太平洋大海戦の勝利を賭けたる力強い発進であった。

今までかつて、味わったことのない感激を身内一杯に感じる。次第に遠ざかる馬公を眺めながらも、淋しいとか、名残惜しいといった気持ちは、不思議にも湧いてこない。ただ、前線に出動するという思いの力強さだけが、心の全面に押し出されているというような感慨である。

夜に入っても、コンパス（羅針儀）は、ずーっと南南東（百四十五度）を示している。海上は波こそ少ないが大きなうねりが出ており、海水が舷側をたたきつけるように打ちつけてくる。艦はしだいに大きく上下左右に揺れ出してきた。

突然、

「白灯一個、左三十度、味方商船らしい」

上部見張員の澄んだ声が、闇の海上を突いて伝声管から響き渡る。

直衛の駆逐艦が、確認のため隊列を離れてこれに向かう。商船は、陸軍の輸送船で、馬公に向かって北上しているらしい。駆逐艦からの確認の信号が入ってくる。

十二月五日、金曜日――。

一五三〇、掌飛行長（掌〇〇長は各科長を補佐する実務担当者）が、飛行服のままで慌ただしく艦橋に駆け上がって来た。

「金属性特有の米大型機の爆音がするが、お前たち、聞こえないかあ！」

息急き込んで、艦橋後部にいる信号兵に聞いている。そう言われてみると聞こえるようでもあり、そうかといって、どうも聞こえないようでもある。

ジーッと青空の一角を凝視して微動だにしない掌飛行長の職責に満ちあふれた姿を眺めていると、艦橋にいる信号兵や見張員たちも、思わず、いつの間にか揃って、乱雲の彼方に敵の機影を求めていた。

情報によれば、マニラ基地を発進したアメリカの触接機は、すでに前方数十カイリに達しており、高度一千五百乃至二千メートルにて哨戒北上しつつあるという。また一方、敵潜水艦も三十隻がシンガポールを発して、待機行動にあたっているということである。

しかし、これらの情報は、一水兵の責任でどうなるものでもない。要するに、われわれは戦えば良いのだ。戦って勝つこと、それが先決なのだ。

出港以来、天候は次第に悪化、日一日と険悪となり、気圧は七百五十二ミリから七百五十一ミリと低い示度を指している。乱雲層雲が空一面を覆い、ときどき襲ってくる南方特有のスコールのため視界が非常に悪い。

しかし、この悪天候はこの作戦行動にとってはむしろ最適なのである。なぜなら、わが南進部隊は、敵に発見される前に、一日でも早く、一カイリ（一千八百五十二メートル）でも近く、目的地に達しなければならない。そのためには、悪天候は敵に発見されにくく、その虚を衝いて突進するのである。

十二月六日、出港三日目——。

第一種軍装（冬服）を脱いで、防暑服に着替える。

海南島を右に見て、東経百十五度、北緯十五度に達した頃から、気温はぐっと増してきて、艦橋付近の気温は二十六度C、艦内などは蒸されるような暑さだ。

露天甲板に待機所を設置して休むことにしたが、間断なく襲うスコールのため、ここも追われて暑い居住区に入って休むことになった。フンドシ一本、素っ裸でいても脂汗がぶつぶつと吹き出してきて、ぐっしょりになってしまう。あと何カイリ南下すればよいのやら、ちょっと心配になってくる。

十二月七日――。

かくして、わが南進部隊は南下一千カイリ、ついに仏印南部五十カイリの目的地に迫った。〇九〇〇、いよいよ開戦を間近に控えた午前九時、総員集合があって、艦長より要旨次の如き訓示があった。

一、陛下より海軍部隊に賜わりし聖勅奉読。

一、連合艦隊司令長官よりの訓令を伝達。すなわち「皇国の興廃一に懸りて、此の聖戦に有り、各員粉骨砕身、似て任務を達成せよ」

一、聖戦に臨む各自の覚悟、旗艦としての本艦の重責、聖戦断行の目的など。

すでに、自分の一命を君国に捧げて惜しまぬ覚悟はできているのだ。いまさら、軍人精神の再認識とか、決心の再認識など、自分の心の中で検討する必要はないが、他人に遅れをとりたくない。恥ずかしい死にかたはしたくない、いや恥ずかしくない死にかたをしたい、という強い欲望が、心の底に浮かんでくる。

しかし、そういう気持ちと同居するように、一方では死んではならない、生きて生きて、生き抜いて、敵を討たねばならない、という理性が堅い決意となって湧き上がってくる。

この両者のいずれが正否かは決しかねる。いや両者ともが自分の本心なのだ。ただ、全力を尽くして運命を待つだけである。

それにつけても、かつて日清戦争に勇名を馳せた元帥伊集院五郎の血を受け継いで、その度量と人格を兼ね備えた伊集院松治艦長の威厳ある顔に、激しくも厳しい決意のほどがうかがわれて、思わず、自分の拳を固く握り締める。

一三三〇、ノルウェー汽船ノーフォーク号を発見する。

駆逐艦「響」より、「われ、今より撃沈に向かう」という信号を受信したが、結局、参謀よりの命令で、汽船の無線機を押収して、カムラン湾に護送することになった。

それから、夜の当直に立って間もなくのことである。三時半頃、艦橋の拡声器（マイク）が、さも愉快そうに鳴り響いた。それは、

「今晩、ハワイ奇襲部隊、奇襲に成功す。〇三二〇」

と放送していた。

起きたばかりの当直で、初めは何だかよくわからなかったが、昨日、艦橋で参謀たちの話を聞いていた時、

「今夜、やつら泡を食うだろうな！」

なんて冗談のように言っていたが、参謀たちは前まえからわかっていたのだなと、今さらに気が付いた。なんとなく気持ちの良い当直だ。

総攻撃

十二月八日、月曜日、晴――。

待ちに待ったる十二月八日。わが先遣の各部隊は、午前零時を期して一斉に総攻撃を敢行した。

司令部に入電した戦況は、大体、次のとおりである。

一、ハワイ奇襲大成功――戦艦二隻撃沈、四隻大破。巡洋艦四隻撃破、飛行機多数を撃破す。

一、馬来（マレー）奇襲は、コタバルにおいて相当大なる抵抗あるものの、ほか順調に成功。陸軍の大部隊の上陸を成功せしめたり。

一、マニラ空襲は、霧のため遅れて確報未だなし。

一、タバン島上陸成功、わが方、被害なし。

一、真珠湾方面部隊は、潜水艦をもって水上機母艦一隻を撃沈す。

一、香港先制の作戦に成功せり。

これと呼応して、上海においては、陸軍部隊によってアメリカ駐屯兵の武装を解除せしめ、さらに、揚子江部隊は英駆逐艦二隻を撃沈し、米砲艦一隻を拿捕《だほ》した。同時に、イギリス敷設艦も捕獲する（これが後日、日本海軍の一〇一敷設特務艇となって、山中英治兵曹たちが乗り組み、活躍することになる）。

この日、十二月八日、遂に宣戦の大詔は渙発されたのである。

この間、南進部隊の主力部隊は南方海面の警備に当たり、先遣部隊を掩護し、その奇襲を容易ならしめたが、夕刻に至るも敵潜水艦や敵機を認めず、張り詰めた空気もいささか気合抜けするのを覚えた。

しかし、一八三〇頃、ようやく駆逐艦「野分」が敵方の商船を発見、その機関を破壊、航行不能にした。これは、主力部隊が作戦行動開始以来、初めて行なった敵船舶に対する弾圧処置であった。これで、幾分、戦闘意識を盛り返すことができた。

この頃から天候は次第に回復し、南国特有のスコールが時々襲い出した。

日没近くになって、スコールが晴れたあとの視界の良い水平線に、「金剛」が敵潜水艦五隻を発見した。旗旒によるその発見信号がマストに翻《ひるがえ》ると、全艦一斉に右に左に回頭し、避潜運動が開始される。その間に、駆逐隊の一隊が敵潜を爆砕すべく突撃を開始したが、折から夕闇が迫り、遂にこれを見失い、残念ながら血戦を交えずして終える。

ちょうどその頃、わが潜水艦（伊六五潜）よりの電報によれば、シンガポールを脱出した英甲級巡洋戦艦二隻が、駆逐艦若干を従えて航行中を発見。実はこれが、イギリス東洋艦隊の主力であるプリンス・オブ・ウェールズ及びレパルスの二隻が、サイゴン南方三百六十カイリの地点を、針路三百四十度、速力十四ノットで避航しつつあったのだ。

このまま行けば、明朝〇一〇〇から〇二〇〇頃の間に、わが主隊と出会う予定になる。俄然、色めきたってきた。乗員は一斉に防暑服を脱ぎ、事業服に着換え、脚絆を着用し、そして、日の丸の鉢巻きを締め、千人針を腹巻に、「好敵来れ」とばかりに、今や遅しと「時」の来るのを待ち構えた。

途中、第一回の任務を終えた第七戦隊と、今度の作戦で一時危機に陥った「鳥海」と合同、全艦隊二戦速で獲物に迫ったのであるが、〇一〇〇、〇二〇〇、やがて〇三〇〇になっても、それらしい敵影を発見することができない。

それでも、全員張り切っていたが、〇三二〇に至り、味方潜水艦より、

「われ、敵戦艦と触接中、視界不良のためこれを見失う」

の無電が入った。

こうして、遂に発見することができないままに、早朝を迎える。戦闘見張員の徹夜の見張りも空しく、武運の拙さに下唇を噛む思いだ。いつになったら敵と交戦することができるやら。異状のない静かな水平線を見詰めていると、無性に腹が立ってくる。

だが、この鬱憤を一気に吹き飛ばすような特大ニュースがとび込んで来た。

一時見失った英戦艦、すなわち、後で判明せる英東洋艦隊の主力、旗艦プリンス・オブ・ウェールズとレパルスを発見した第二十二航空戦隊の雷撃機が、一三三〇頃、マレー東端クアンタン沖にこれを捕捉して襲撃、五十一分にレパルスを撃沈。次いで、プリンス・オブ・

ウェールズも撃沈した。

「やったなあ！」

伊集院艦長が思わず会心の笑みを洩らせば、口を一文字に結び、いつも表情を変えない近藤信竹長官の顔も、心もち、明るく映えて見えた。戦闘員全員が顔を見合わせ、互いに、心のうちで「万歳」を奉唱したことであろう。これで、英国の東洋艦隊は壊滅的打撃を被ったのである。ハワイの米太平洋艦隊壊滅に次ぐわが海軍の大戦果である。

同じ頃、グアム、マニラなどの島々は、わが軍の手中に帰し、ここに、第一次作戦は全面的に完遂に近づいたのだ。

十二月十一日、木曜日、晴――。

カムラン湾入港。艦隊行動も二年来のかつてない長期航海だ。さすがの戦闘航海、八日間に及ぶ連続航海であった。作戦行動開始以来七日間、遂に一発の砲弾も、一本の魚雷も発射しなかった旗艦であったが、二艦隊の戦果は誠に赫々たるものである。

大戦果を収めた南進部隊は、仏印のカムラン湾に入港した。

湾内を見渡して驚いた。湾内は、見渡す限り、陸軍の徴用船で一杯である。いるわ、いるわ、大小合わせて五、六十隻。

その輸送船上の陸の戦友たちが、われわれの艦隊が入って行くと、打ち揃って帽子を振ったり、手拭を振り廻したりして歓迎してくれている。「榛名」「金剛」、第七戦隊を従え、堂々と入港する南進部隊の勇姿は、輸送船上の陸軍の兵士たちに対して、いかにも絶大な力強さを与えることであろう。

先に入港していたマレー部隊（旗艦「鳥海」）と南進部隊の主力とはここに合同し、第二次作戦の打ち合わせと、その綿密な準備を急いだのである。

「入港」この言葉のもつ響きは、艦船の乗組員たちにとっては、いつ、いかなる場合でも、いかなる場所であっても、理屈抜きに嬉しく響く。それは、海上生活者のみが味わい得る喜びである。幹部を除く一般の乗組員には、作戦に関する軍務や準備は無関係であり、入港の喜びは格別である。

遠い異国の珍しい風景、そして、港が与えてくれる特有の感興は、乗員たちの魂をしばし和ませてくれる。それは詩に表現することができるほどにほのぼのとした胸暖まるものであった。

カムラン湾、それは詩情に富んだ美しい港である。南方進出の根拠地として最適であるというだけではない。見わたせば濃緑の山々や丘がルリ色の湾を囲み、フランス兵舎の赤い屋根には、フランス国旗に代わって、わが軍艦旗が帝国の威容を示してへんぽんと翻る。教会堂を前にして、熱帯植物の香をたっぷりとふくんだ風に躍っている軍艦旗は、見る者の眼に美しく、それは感動をよぶものであった。

そして、青い椰子の並木の林立する白い舗道、その道を安南人が器用にカゴを担いで歩いてゆく姿、そういう異国らしい風情が、眼鏡を通して情緒的に眼に映る。だが、私たちはこのような異国の風情に触れると、なぜか遥か彼方の母国を憶い、故郷を慕う念がひとしお増すのである。

その安南人が、日に何回となく通船のような小舟をわれわれの艦の周囲に寄せ付けて、さまざまな動作をして、私たちに何かを無心している。

あとでわかったことであるが、彼らは空壜とか空缶が目当てなのだそうだ。何のために必要なのかは知らないが、とにかく、彼らにそういう壜や缶を与えると非常に喜ぶ。そして、代わりにバナナなどの果物を置いてゆく。彼らはこのようにして物々交換をしているのだ。日本の金ではどうにもならないためでもあるが。

十二月十二日、金曜日、晴後曇――。

一六〇〇、三号機がイギリスの小型商船を発見して帰って来たが、それを始末するため再度出撃して行った。しかし、帰投時刻の二〇〇〇近くになっても姿を見せず、爆音すら聞こえぬ始末だ。

艦の位置を見失ったものに違いないと、戦闘管制中にもかかわらず、碇泊灯を出したり、上空に向け探照灯を照射したりして艦の位置を知らせ、帰艦を容易ならしめんと努めたが、二〇三〇に近づくも、まだそれらしい気配すらない。艦長の顔に焦慮の影がうかがわれ、乗組員一同、不安に心を暗くするばかりであった。探照灯の強い光も、低く垂れこめる乱雲に遮られて、艦の周辺を明るくしただけに過ぎない。

だが、二〇三五、やっと爆音が耳に入ってきた。確かに三号機のようだ。一同、揃ってホッとする。やがて吊光投弾が投下され、三号機は鮮やかな着水ぶりを見せて、無事に帰って来た。獲物を見失ってしまったということである。そんなことで遅くなったわけであるが、無事に戻って来てくれたことを、まず、何よりも喜んだ。

十二月十三日、土曜日、曇後晴——。

明日はまた、出撃である。出撃となれば、それ以後、酒保など一切許されない。

しかし、今日は今度の圧倒的勝利を祝福する意味で、特別に、公に酒が飲めることになる。飲めるというので、飲ん兵衛党は俄然張り切って、飲まぬ先から、もう酔っぱらったような喜びようで、その雰囲気のまま、賑やかに飲みはじめ、愉快に騒ぎ出す。そして、戦勝祝いの酒宴は続き、戦友たちはますます賑やかになる。しばしの無礼講だ。最後には、本格的な酔っぱらい騒ぎとなる始末。

太陽は、いよいよ、西に沈んで行こうとしている。それは南国だけに見られる大紅輪であり、海も空も全くまっ赤に染め上げるようにして沈んで行く。

そして、これまたなんと美しい月が、まぶしいほどに澄みきった姿で、仏印の山の彼方から躍り出て来る。

十二月十四日、日曜日——。

〇九〇〇、カムラン湾を出港。

わが主力部隊（四戦隊と八駆逐隊）は、相変わらずの航海を続けて、針路百六十度から百二十度、南へ南へとコースをとりつつ進航を続ける。目的地はどこであるのか、そこまで何カイリあるのか、全然わからない。平穏な航海ほど寂しいものはない。焦る気持ちを押さえるだけでも骨が折れる。

二一〇〇、電信室の無電が、ひとしきりせわしく鳴ると、敵情が次々と入ってきた。

「敵輸送船団と、これを護衛する甲級巡洋艦四隻、百度、百三十カイリにあり。敵針路百十度、速力十四ノット！」

「すわ　好敵」

ただちに、各艦宛「今より敵に向かう、警戒を厳になせ」という信号が発せられ、二戦速（二十ノット）から三戦速（二十四ノット）と、速力はぐんぐん増してゆく。スクリューは躍り、罐は唸りを上げ、その轟々たる騒音のなか、羅針儀だけがピタリと百二十度を指したまま動かない。

会敵は明日の一〇〇〇頃の予定なので、今夜は厳重警戒であるとはいえ、当直以外の時間は眠ることができる。しかし、艦内は高速による機械運転で生ずる熱気に包まれるため、とても耐えられる状態ではない。それで、旗掛、信号灯甲板、倉庫等、それぞれの場所を見つけて巣を造り、どうにか夢路についた。だが、今夜は妙に頭が冴えて、なかなか眠れない。眼を開け、夜空に光る「カシオペヤ」を眺めながら、開戦以来、久しく忘れていた故郷のことを思い出す。といって、思い出されるのはやはり母である。印象深い母の顔が浮かんでくる。

内地出港の前夜、最後の上陸を許されたとき、遠いところをはるばると面会に来てくれた母。しばらくぶりで、母と二人きりで寛いだ下宿、その時の母の姿がいろいろと思い浮かぶ。わが子を思う親の心、自分が生んだ子供に対する母の心配は、とてものこと、自分が思っている以上のものであることをつくづく知らされた。

その時、夜も遅くなったのでバスの停留所まで送って行ったが、母は、来るバス来るバスに、なかなか乗ろうとしない。何かひと言でも多く話していたかったのであろう。遂に、最終バスまで行ってしまったので、二人で駅まで歩くことになった。それが母にとっては嬉しかったのであろう。とても楽しそうであった。しかし、これが最後になるのではないかと、そんな気持ちになったのであろうか、母はふと顔を横に向けて、そっと涙を拭いているようであった。

いつものんびりしている高橋一水も、その小さな母の姿に、思わず胸がつまり、体が熱くなる思いであった。

この高橋一水が所属する南進部隊と呼ばれている近藤信竹中将率いる第二艦隊は、南方作戦全体にわたって活躍し、比島作戦の支援には第三艦隊があたり、マレー作戦には小沢南遣艦隊があたっていた。

この太平洋戦争は、日独伊三国同盟締結時に、すでに突入が運命づけられていたのであるが、これについてはさまざまな挿話がある。

その三国同盟に反対していたのが、当時、海軍次官であった山本五十六長官であったという。山本長官は、米内光政（海軍大臣）に乞われて海軍次官に就任したのであるが、彼はその時から政治に命を賭ける決意であった。それが自分の使命であると信じ、その願いを受けた。

いつの時代でも、国のため、国民大衆のために自らを捨て、自分の一身一命を賭けて政治に携わる人物が出ないかぎり、国民の真の幸せは守れない。といって、大きな時代の流れに逆らえないのは、いつの時代でもまた同じである。

「あのままでは、山本は殺されるぞ」

そういう囁きがあちこちで聞かれるようになった。

この時代は、二・二六事件などがあったあとであり、陸軍の少壮気鋭の将校や右翼の連中から、山本海軍次官は執拗に狙われていたのである。

米機動部隊、ウェーキ島に来襲

二月二十四日、火曜日、晴。スターリング湾――。

今朝、開戦直後に日本軍が占領したウェーキ島を、今度は逆にアメリカの機動部隊が攻撃して来た。

敵はこの島を奪還せんと猛攻撃をかけて来たが、わが方はこれを果敢に邀撃。かなりの損害を受けながらも、遂に、これを撃退した。敵はハワイ方面に向けて遁走中とのことである。

午後一時、第五戦隊（那智、羽黒）が出撃した。本隊旗艦は、必ず上甲板に出て帽子を振り、武運長久と成功を祈る。

夕方には、油槽船団が駆逐艦「夕暮」と「有明」に護られながら出港した。本隊の出港を洋上で待ち受け、曳航補給の予定。

今度の航海は、二週間の長期にわたるという。

このセレベス東岸のケンダリーと反対側にあるマカッサルに、今夕、敵爆撃機が飛来したが、わが軍の攻撃に敵は目的を達せず遁走した。

二月二十五日、水曜日、晴。出港。開戦八十日目——。

早朝、昼夜戦の配置転換を行ない、直ちに出港準備。

〇八三〇、出港。

すでに、機動部隊（一、二航戦、三、八戦隊、「阿武隈」及び駆逐隊二隊）が七時に出撃しているので、その後、本隊（四戦隊と「嵐」「野分」）も無事に湾口を出た。

今度の作戦は、今までにないほどの大作戦で、再び生きて帰ることなどできるかどうかわからないという噂である。二十八日にどこかを攻撃するらしい。艦長の話によると、この作戦は南方における最後の作戦で、これが無事に終われば、いやでも横須賀に帰り、太平洋大作戦に移るとのことだ。

いずれ、今度の作戦が終わればまたこのスターリング湾に入り、戦傷者を直ちに待機予定の病院船朝日丸へ収容するというのであるから、相当な覚悟をせねばならない。

予想では、二十八日にスラバヤあたりを空襲するのではないか。本艦は遠くでこれを指揮し、スラバヤの軍港から出撃してくるであろう敵艦隊を攻撃することになろう。ハワイ奇襲攻撃と同じような作戦である。

初め空母艦隊とは三万メートル以上離れて航行していたが、暗くなる頃には一万五千メートルと接近した。今宵はチモール島のオンバイ海峡を通過する予定である。

二月二十六日、木曜日、晴。航海中――。

静かなバンダ海の夜が明けて、鏡の如き海面を滑るように南下する。左に点々と島が見えるが、名前はわからない。左はアロール島でだいぶ大きい。そして、正面の突き当たりに長く横たわっているのがチモール島で、いま、陸軍部隊が盛んに攻撃している島である。

〇七三〇より、戦闘見張員は二直配備でチモール海に入り、対潜警戒に全力を挙げ万全を期す。

静かな海を右にフロレス海を見ながら、間もなくオンバイ海峡を過ぎ、サウ海に入る。敵潜の影は全然見えず、夕方六時まで二直配備のままである。神経を極限に使う見張りは辛い。

危険海域の航海を無事に終わって、ほっとする。今日は一日中、当直以外の作業なしで、配置付近での待機である。それでも、少しは休養がとれた。

午後、「敵航空母艦、ジャワ島の南方にあり」の無電入る。針路三百三十度、十八ノットにて北西に進航中との情報である。また昨日の航海のように、敵地の狭い二十カイリという海峡なので、いやでも敵に発見されるであろうが、発見されてもいい、反撃態勢は万全だ。

電信室からの報告で、敵飛行機の電波が入り、五十字ほど受信できたとのことである。前方一万五千メートル位のところに、わが機動部隊がおり、艦戦、艦攻、艦爆等が母艦より発進して哨戒にあたっている。なんとなく、力強さを感じる。

第五戦隊、スラバヤ沖で敵巡三隻撃沈

二月二十七日、金曜日、晴。航海中――。

昨夜、右にサウ島、左にチモール島を見ながら、無事に海峡を通過。今朝は、海峡を出て広いインド洋に進出、針路二百六十度をもって進撃中である。早朝から、空母「加賀」の飛行機が発進、哨戒にあたっている。

いつ敵が現われるかわからないというので、今日も戦闘配置付近にて警戒待機。食事もみな戦闘配食である。一日中、戦闘配置の付近にへばりついて休む。なかには昼寝している者もあるが、こうして配置付近におれば、いざという時にはいつでもすぐに間に合うわけで、完全な当直ができるということでもある。

午後二時、機動部隊と別れて、別の海域へ進出することになる。それがどこの海面である

か不明である。機動部隊の所在を敵に知られないために、電波を発進するときは、旗艦はこうして隊列を離れるのである。

そうこうしているうちに、太陽も次第に西の水平線に近づいてきた。夜戦に備えるべく、全員配置に付く。その時である。突然、吉報が舞い込んで来た。第五戦隊からの捷報である。ジャワ島の北方に哨戒中の第五戦隊（那智、羽黒）、軽巡「神通」、駆逐艦四隻は、今度の作戦のために配備に付いていた。午後七時五分、第五戦隊は、敵巡洋艦五隻と駆逐艦九隻に遭遇し、砲撃戦を展開、三十分にして、敵巡洋艦一番艦と三番艦を撃沈、間もなく、二番艦も撃沈した。

やがて、夜戦に突入。その後の状況は、まだ入電なし。

残念ながら、今回も敵はわが本隊の方へは接近して来ないようだ。インド洋に入れば、いずれ好機が到来するであろうと大いに期待している。

本隊は大きく反転し、機動部隊を追うため針路を二百五十度とし、速力二十ノットに上げて進航。今夜十二時には、機動部隊と合同の予定である。

情報によれば、アメリカ本土から来た敵の大部隊が、スラバヤ近海にもいるらしい。しかし、この大部隊もわが方のスラバヤ空襲でいずれも傷付いてしまったらしく、「四十隻余りの大商船隊がいるので、みな生け捕りにして帰ろう」と、伊集院艦長は張り切っている。

二月二十八日、土曜日、晴。航海中――。

インド洋の静かな朝を迎える。昨夜半には合同する予定であった機動部隊が、全く見えない。早朝四時から二直配備で夢中になって見続けたが、一向に見当たらない。

電波を出すわけにはいかないので、午前八時に飛行機を発進させて捜索を開始することになった。発進後二十分を経過。その水偵から、「方位二百八十一度、六十二カイリに見ゆ」との無電あり、ひと安心したが、二直配備はそのまま続ける。

午前九時、やっと通常配備となる。

各方面から敵の情報が毎日入ってくる。みな偵察機からのものである。

午後六時、敵の大艇一機を発見したが、攻撃するに至らず、間もなく、雲間に飛び去ってしまった。本隊に触接していたのであろう。遠ざかりながら電波を出していた。敵を発見したのは、これが初めてである。なお、今夜半には、ジャワ島に奇襲上陸が敢行される予定である。

三月一日、日曜日、晴。航海中――。

〇一三〇、右六十度に商船らしきものを発見。直ちに、「配置に付け」が下令された。みな、あわてて配置に付く。

駆逐艦「嵐」が、直ちにこの商船に近づき、敵国船と確認するや、すぐさま砲撃開始。火災を起こした敵船は、十分も経たないうちに沈没してしまった。

今度は、左に一隻発見。これに対しては、「野分」が近づき、攻撃炎上させて、三時過ぎにようやく片がついた。

疲れていたせいか、配置で休んでいると、ついうとうとしてしまう。

〇四〇〇、また突然、「配置に付け」という下令。

左五十度方向に、また敵商船を発見。これも「野分」が接近し、攻撃炎上せしめる。この砲撃戦の最中、その炎上する商船のさらに前方の海上に商船二隻を発見。これも砲撃戦で炎上せしめる。

海上はさながら灯籠流しの如く、三つの灯火がそこここに盛んに燃え続いているのを望見しながら、〇五〇〇、二百八十度（西）に変針、進撃を続ける。

〇五〇〇、「ジャワ島の奇襲上陸に成功せり」と、輸送指揮官より報告の無電入る。ジャワがわが手中に落ちるのも、時間の問題だ。

こうして、合計五隻の敵商船を撃沈及び撃破炎上せしめ、〇五三〇、やっと休むことができた。といっても、ほっとしてひと眠りする間もなく、〇六三〇、もう「総員起こし」である。

早朝八時、またまた商船を発見、駆逐艦「嵐」が近づき、今度は攻撃せずに拿捕することにした。早速接近し、セレベス島のマカッサルへ向かわしめる。

午前九時十五分、敵の大艇が現われた。

「配置に付け！」

直ちに対空戦闘。これで今朝から三度目の対空戦闘である。敵機はあわてて、まっすぐ一目散に飛び去って行った。

別の味方偵察機からの報告により、商船二隻（七千トンと六千トン）を捜索に向かったが、遂に発見することができず、引き返してしまった。これでやっと戦争気分が出て来た。みんな張り切っている。

午後は、重油の補給のため、東栄丸が接近し、曳航補給を実施する。敵の攻撃圏を逃れるようにして南下、針路を百七十度とし、各艦とも午後五時十五分には給油を完了する。

三月二日、月曜日、晴。航海中――。

昨日、ジャワ島攻撃戦が開始される頃からインド洋の海上もうねりが出てきて、かなり揺れている。

昨夜は敵商船なども発見されず平穏に終わったが、今朝九時頃、索敵中の水偵が商船を発見、駆逐艦「早潮」がこれに向かい、拿捕した模様だ。午後一時、「早潮」とともにその敵商船が現われたが、捕獲された船にはもうすでにわが軍艦旗が掲げられており、日本軍の手によって航行されている。この拿捕船は、セレベス島ケンダリーへ向かった。

本隊は陣形を変えて、二番艦「高雄」は右二万五千メートルへ、三番艦「摩耶」は左二万五千メートルへ分散し横一線となり、その間に駆逐艦を配した。こうして、一隻も漏らさず敵船を発見する構えで、ジャワ島めがけて反転する。明日の早朝には、ジャワのチラチャップの南百カイリに達する予定である。

午後四時、敵巡洋艦一隻を発見。オーストラリア方面へ逃げるつもりであろう。百八十度方向に発見という情報により、針路を百十五度に変針、三戦速（二十四ノット）に増速進撃、さらに、二十六ノットとして追撃を続ける。

午前七時よりすでに戦闘配置に付いて敵撃滅の気勢に燃えており、攻撃前から敵を呑む勢いである。主砲は旋回を続けて訓練に余念がなく、夜戦の備えは万全である。

午後十時ぴったりに、左三十度方向に敵巡洋艦らしき艦影を発見。距離一万七千メートル、直ちに配置に付き、取舵に変針して接近する。見ると、敵も勇敢にも面舵に転舵し、こちらに向かって来る。

一万七千メートルから一万五千、一万三千、一万。やがて、一万から九千メートルへと急速に接近。敵は、四本煙突の軽巡オマハ型のようである。

直ちに照射した。ほとんど同時に「高雄」も照射。と、敵はどう勘違いしたのか、味方識別信号であろうか、意味不明の発光信号を「パッパッ」と発した。

それが終わるか終わらないかの間に、「愛宕」の初弾が発射された。同時に「高雄」も発射。

時に、二二二六（午後十時二十六分）、見事に初弾命中！　敵艦の周囲はみる間に水煙に包まれ、一瞬、見えなくなる。敵もさるもの、魚雷を発射し、砲撃を開始した。

本艦は飛行機の破損を警戒して、前部三砲塔だけを使用したので、飛行機の損傷は免がれた。前部砲塔一斉射、六発ずつである。しかし、「高雄」は全砲塔十発の斉射を続けたので、その衝撃のため飛行機が破損し、一部使用不能となった。

わが方の確実なる砲撃に、敵はたちまち戦意をなくし、七分後の十時三十三分に、遂に撃沈されてしまった。砲撃戦開始後四、五分にして急速に右舷に傾き、右七十度となり、間もなくインド洋の海底深くその巨体を沈めたのである。それは、余りにもあっけない一方的な海戦であった。

本艦の発射弾数五十六発、「高雄」は百十八発で、その二十センチ砲の威力はさすがであった。

敵艦も、いち早く魚雷を発射したのであるが、あわてて空気弁の操作を間違えたのか、あるいは、その性能の結果なのか、三、四十メートルほど走ったであろうか、そこでぽっかりと海上に浮上してしまい、ふわふわと波間にただよっている。これでは命中するわけがない。

このインド洋の海戦が、本艦にとっては開戦以来の初の砲撃戦であった。

この時、「摩耶」も左舷方面で四駆逐隊とともに、オランダ駆逐艦一隻を撃沈した。

三月三日、火曜日、晴。航海中――。

夜通し三直配備で、まだ残敵はいないかと血眼になって見張りを続ける。

午前四時、またまた情報。それによると、三十度、三百カイリの地点に敵艦を発見。早速、針路を三十度とし、三戦速（二十四ノット）にて攻撃に向かう。しかし、敵はわが方の空母を含む大部隊に恐れをなして遁走中であり、水偵を飛ばして哨戒したが、全く手掛かりがなく、そのままに終わる。

午後六時。別の海上にて駆逐艦、砲艦などを撃沈した「摩耶」「野分」「嵐」と合同する。「摩耶」が撃沈したイギリス駆逐艦ストロングボルトの捕虜を訊問した結果が報告される。その結果、次のようなことが判明した。

一、シンガポール陥落後、彼らはバタビアに在り、一部スマトラ方面に行動したあと、チラチャップに回港。三月一日夜、チラチャップ発、オーストラリア西岸に向かっていた。

二、チラチャップにはアメリカ小型商船三隻が碇泊していたが、その中の一隻は途中まで同行せしも、正午以降、行動不明となる。

三、二日朝、わが飛行機に発見される。

四、英、米、蘭兵力配備・行動などについては、ほとんど見るところなし（大尉一名おりたるも、固有乗員にあらず、シンガポールよりの便乗者なり）。

五、乗員中にレパルス沈没当時の乗員たりし者一人あり。

獲物の当たり日、七隻を撃沈拿捕す

三月四日、水曜日、晴。航海中――。

昨夜来、何事もなく静かな航海が続き、会敵の機会に恵まれなかったが、早朝、昼戦に対する備えが終わる頃、トップ前檣の見張員から、「商船一隻、左四十度一万七千！」と報告さる。

直ちに近づいて確認すると、砲艦を先頭にして、七千トン級の特設砲艦一隻、哨戒艇、二千トンの商船の四隻の航行せるを発見。

旗艦「愛宕」と「高雄」は、その砲艦に主砲（二十センチ）を発砲。「摩耶」は特設砲艦に向かって二十分余り砲弾の雨を降らす。砲艦も特設砲艦もそのまま航行不能に陥り、全然抵抗することなく、艦橋の前部から火災が発生している。敵の艦船は、各艦ともに乗員は逃げたらしく、どの船にも人影は見当たらない。見ると、カッターに分乗した乗員たちが、必死になって逃げている。

最後に残った商船フランコール号も、駆逐艦「嵐」がそれに接近して降伏勧告の信号を掲げたが、すでに船には誰もいない。これも十時に撃沈する。

さらに、哨戒艇は火災を起こし、黒煙を上げて炎上している。その付近の海面には、多数の敵兵が泳いでいる。近くのカッターも満員の状況であり、それに助かろうとして取りすがろうと群がる者、わが方から少しでも遠くへ逃げようともがく者、などなど。

カッターの縁《へり》に手をかける者に対して、棒で殴りつけ海へ突き落としている情景も見られる。凄まじい光景である。見るに忍びない思いが湧く。特に、カッターにすがって叩かれて溺れ死ぬ兵たちは、生き地獄さながらといえる。

後で判明したことであるが、このとき撃沈した敵艦船は、海防艦ヤーレー（一千百トン）、特設砲艦（七千トン）、武装商船フランコール号（二千トン）、哨戒艇一隻の計四隻である。

一〇三〇、ほとんど戦闘はおさまり、わが方に損害なし。発射弾数は主砲百四十五発、高角砲四十三発、機銃百六十五発。今日の戦いでは、敵発見と同時に飛行機は速やかに全機射出発進したので、その損傷に配慮する必要がないため、前後合わせて五砲塔十門の一斉射撃が行なわれた。

駆逐艦「嵐」が、捕虜を救助した。この捕虜の訊問から情報を得る。

オーストラリア護送船団、すなわち、イギリス海防艦ヤーレー及び大型商船安慶、イギリス小型商船フランコール（二千トン）、さらに重油船その他が、二月十四日にシンガポールを発し、二十八日にはバタビアを出港、フリーマントルに向かいつつあり。

そのため、急遽、駆逐艦「嵐」がこれを追跡。

午後六時、七千トン級商船一隻を拿捕。

その「嵐」からの報告によると、二月二十六日、チラチャップに掃海艇一隻、一万トンクラス商船三隻在泊を確認。

今回の海戦で捕虜とせる船員七十五名、海兵隊員二百五十名、水兵二百五十名、合計五百七十五名。主なる積荷、セメント六千百トン、綿製品三百五十トン。

午後八時、夜戦に備えて、「配置に付け」が下令される。

間もなく、商船らしきものを左五十度一万五千メートルに発見。増速して追跡。八時三十五分、約八百メートルに接近。この二千トン級客船は白旗を掲げて降伏。九時六分、捕獲隊及び回航員を内火艇で派遣する。

同船は、国籍オランダ船、速力八ノット、船客二百四十六名。ほとんど海軍関係者で、少佐二名、ほかに准士官以上十二名。他は下士官、兵。婦女子数名が含まれていた。

駆逐艦「野分」も、同海域にて商船を撃沈し、今日一日は誠に忙しかった。

これで撃沈拿捕は、十八隻となった。

三月五日、木曜日、晴。航海中――。

昨夜拿捕した二千トン級商船は、敵乗員がほとんど兵隊ばかりであり、わが方の十二、三名の回航員だけで単独回航するのは危険である。途中、船内でいかなる不測の事件が生ずるかも知れないという捕獲隊長の報告により、駆逐艦「早潮」、東栄丸の二隻をつけて、セレベス島マカッサルへ向かわせる。

赤道を南から北へ越す

三月十九日、木曜日、曇時々雨。航海中――。

ケンダリーを出港後、セレベス島北部を廻って、ボルネオのタラカンに向けて北上、取舵に変針、四時五十分、赤道を南から北へ越す。ここ二、三日は雨天の日が多く、赤道直下とはいえ、艦橋当直は寒いくらいである。

午前、セレベスの北端唯一の要衝・メナドの沖を通過。この日の航海を終える。

艦内ニュースによると、インド洋で先日撃沈したオーストラリアの海防艦の乗組員が、四日の朝、イカダを作って漂流しているうち、二週間も経過してから、なんと、オーストラリアの西岸に漂着したという。撃沈したあと、インド洋のまっただ中ということでもあり、逃げたところで、可哀想ではあるが、生きられるわけはないと思っていたが、あの大海を流れ流れて、しかも、オーストラリアに漂着するとはまったく驚き入ったことである。

三月二十日、金曜日、曇時々雨。入港後直ちに出港――。

バンダ海を北上し、ピット海峡、モルッカ海峡を経て、比島の南の海を西に進む。どんよりと曇ったはっきりしない毎日が続く。時々、雨も降る。そのような海上を緊張のうちに航行する。

午後一時二十分、ボルネオ東岸の要衝・タラカンに入港。

入港したあと、長官はじめ参謀長や参謀、さらに艦長など打ち揃って、直ちにタラカン攻略後の戦跡視察に向かった。ここの沿岸も、支那沿岸のように、あたり一面が黄色い海面で、波が立つと眩しいほどに明るく反射する。

一七三〇、視察の一行が帰艦する。直ちに出港準備。

午後六時三十分、ボルネオの南東岸の要衝・バリックパパンに向け、タラカンをあとにする。この付近は油の産地であるせいか、何となく、山も木も、いや、島全体が油っぽく見える。不思議なものである。この油の町タラカン、そして、バリックパパンなどを視察して、二十三日にはセレベス島マカッサルへ入港の予定だ。

近頃、艦内で話題になっているケンダリー在泊の機動部隊は、五航戦（瑞鶴、翔鶴）、一航戦（赤城）、二航戦（蒼龍、飛龍）の空母五隻に、三戦隊と八戦隊、さらに、「阿武隈」を旗艦とする水雷戦隊も加わった大機動部隊である。この大部隊が、二十五日に出撃、インド洋に進出して、セイロン島を攻撃する作戦計画らしい。

いずれ、輝かしい吉報をもたらすことであろう。

三月二十一日、土曜日、曇。航海中――。

マカッサル海峡を、左にセレベス島、右にボルネオ島を見ながら、二十ノットの高速で、一路バリックパパンに向かった。

一七三〇、湾口に達し、出迎えの第十七戦隊の「厳島」（敷設艦）に嚮導《きょうどう》される。「湾口付近に敵潜現われ、これを爆撃中」との哨戒機よりの報せあり。直ちに、駆逐艦「嵐」と「野分」が急行し、これに爆雷攻撃を加えたが、その後の戦果は不明であった。

間もなく陸岸がはっきりと見え出した。岬の高い所に見張所があり、その下を曲がりくねった道路が走り、電車も通っている。海岸線には、重油タンクが立ち並び、いかにも油の町らしい風景である。しかし、町のところどころに、戦いの傷痕らしい焼跡などが点々と残って見え、あちこちが破壊されている。

この風光明媚な町も、いまは荒れ果てて、激しい戦禍のあとを留めて無惨である。

このバリックパパンには、いち早く海軍第二十二根拠地隊が設置され、第一〇一海軍燃料廠ができていた。

港内には、「厳島」など数隻の艦船が碇泊しているが、沖には七つの沈没船がその残骸をさらし、わずかにマストを海面に林立させて殺伐たる風景を示す。さらに、その沖に、味方掃海艇が一隻だけ、見るに堪えない姿で碇泊している。その艦首の錨甲板は吹き飛び、後甲板ももぎ取られて浮かんでいる。激戦の凄まじかったことを、まざまざとうかがわせている。

三月二十二日、日曜日、曇。バリックパパン――。

ボルネオのバリックパパンでの一夜を明かす。

早朝、「若鷹」、辰春丸が、スラバヤに向けて出港。

今日は、艦隊も午後六時出港予定である。それまでの時間を利用して、乗員を四分の一ずつに分けて、二時間の散歩上陸が許可される。短時間ではあるが、この上陸が乗員の気分転換となり、士気の向上に役立つのである。高橋一水たちは、十一時に上陸した。

上陸してまっ先に驚いたことは、上陸地点に、大日本帝国政府民政部よりの通達で、「本日から、今まで使用していた貨幣は一切使用禁止。日本軍票を通貨とする」こういう文面が立札で表示されていたことである。

島の重油タンクは破壊されていて、使用できるのは、製油所と一部分のタンクだけという有様で、原油輸送管も破壊され、住民はその復旧作業に大童であった。

日本軍が上陸したのは、ここより七里（二十八キロ）余り東の方向で、その地点に爆撃や砲撃は行なわなかった。道路は綺麗なままで、立派に走れる。自動車は人のいない道路を猛スピードで突っ走り、陸海軍専用の車も、気持ち良さそうに走っている。

一方、ガソリンスタンドには誰もいない。

「適宜、使用されたし」

日本語でこのように書かれた紙が貼ってある。驚いてしまう。

自動車は、ガソリンを適当に必要なだけ使えるというのだから、まったく有難いことだ。内地の油不足にくらべると、誠に天と地ほどの違いである。油については、ここはまさに贅沢そのものである。

白人たちの住んでいた住宅街は、また特別に綺麗で、しかも広い。まるで公園の中に入って来たような気分になる。しかし、これらの建物も、陸海軍の兵舎や倉庫などに使用されている以外の建物には、立入禁止という立札が立てられているものもある。

現地の住民たちは、日本兵に親しくしようと、多勢で集まってくる。彼らは、

「白人は嫌いだ。日本人は自分たちと同じ肌の色だから好きだ。仲良くなろう」

口を揃えてそのように言う。そして、日本兵に対して一人ひとり敬礼して通り過ぎて行く。

時々、からかいながら話しかけると、

「日本人は偉い！」

そういう意味で親指を出して見せる。

オランダについては、爆撃の時のことを現わすのであろう。マッチを擦る真似をやって、

パッと燃え上がる恰好をし、それに唾を吐きかけるという芝居をして見せて喜んでいた。また、ここでは煙草が相当不足しているらしく、まるで貴重品扱いである。住民たちは、

「タバコ！　タバコ！」

口々にそう言いながら、バナナや外貨を持って集まって来る。タバコ二、三本で、バナナ二房と交換できる。外貨ももう使えないせいか、いくらでも煙草と交換してくれる。そのほか、ここは、いろいろと愉快なことが多い。

一八〇〇、バリックパパンを出港。マカッサルへ向かって出撃する。

先頭に「厳島」が嚮導して、約一時間の航行のあと解列し、互いに帽子を振り合いながら別れた。

この「厳島」には高橋の戦友である原谷が乗艦している。高橋一水と同年兵である原谷は、一年余りこの本艦に乗り組んでいたということもあって、向こうから手旗でニュースなどを知らせてくれる。それによると、「厳島」もパラオからダバオ、タラカン、バリックパパン、スラバヤと攻略に参加し、空襲もかなり受けたようである。四月一日からは、「足柄」と行動を共にするという。

今度は、こちらから知らせてやる。

マカッサル、シンガポールを経て、われ四月十七日に横須賀入港予定、と。

原谷は羨ましがっていた。

今日は、俸給日である。今月は四十円七十九銭。海軍に入って最高額だ。母港に帰るのが、

ますます楽しみになってくる。早く帰って、大いに使いたい。

三月二十三日、月曜日、曇時々雨。入港、上陸許可——。

マカッサル海峡を真南に下る。午後十二時四十六分、マカッサルに入港。

ここも、バリックパパンより以上に良いところで、遠浅の海岸に砂浜があり、岸壁にはずらりと商船が横付けしている。その中には、数隻の拿捕船もまじっており、特に一万トン以上もあろうかと思われるオランダの病院船が目立って見える。その外にも大型拿捕船あり。

わが方も、重巡「足柄」、軽巡「那珂」「長良」「名取」「鬼怒」などが碇泊しており、ジャワ沖海戦で功を立てた第八駆逐隊が、その破損した残骸の姿のままで岸壁に身を横たえているのが痛ましい。なお、本隊が拿捕した商船二隻も、沖の方に碇泊していた。

一五三〇、二時間の散歩上陸が許された。毎日の上陸である。

上陸すると、インドネシアの子供たちが物珍しそうに早速寄って来て、帰るまで付いて離れない。そして、身振り手まねでいろいろ教えてくれながら、町の中を案内して廻る。

集落は、華僑の街がほとんどで、日の丸と支那の旗を掲げて歓迎している。それを眺めると、日本と支那が戦争をやめて仲良くなったような錯覚を起こして奇妙な感じである。白人の街までは、かなり遠いらしい。二時間の散歩上陸では、行って帰ってくる時間はない。

波止場付近は破壊されており、メチャクチャな状況であるが、治安はかなり復旧して、街には商品も大分出廻っている。一円五十銭でワイシャツを一枚買う。路上では、蛇の皮などで作った品物を子供たちが売っている。

バリックパパンでは日本円は使えなかったが、ここでは幾らでも通用する。商品は時計や靴などいろいろの種類があり、物資は豊富である。しかし、あれこれ買ってみても、内地へ帰ってから陸揚げがまた大変だ。面白そうであったが、さらに買うのは止める。

帰艦してみると、郵便物が来ていた。内地からの手紙は、いくら多くても楽しいばかりだ。


三月二十四日、火曜日、曇時々晴。整備作業——。

マカッサルで一夜を明かし、一三二〇、シンガポールへ向けて出港する。

毎日、出港や入港の繰り返しで、なかなか忙しい。しかし、今日の出港は、二十七日まで四日間の航海予定である。

岸壁には十数隻の軍艦や商船などが横付けしてあるが、その前を軍楽隊の奏でる軍艦マーチのリズムにのって、原速で滑るように出港する。帽子を振りながら別れの挨拶。旗艦とは実に気分爽快なものである。付近の漁船も、一斉に本艦を見上げ、手を振りながら頼もしそうに見送る。

ジャワ海をひた走る。対潜警戒も厳しく、静かな航海を続けている。


三月二十五日、水曜日、晴。スコール。航海中——。

昨夜、「配置に付け」のラッパが久しぶりで鳴ったので、あわてて飛び起きて配置に付き、照射したところ、小型商船である。向こうも気がついたのか、あわてて発光信号を送ってきた。

「われ、大井丸なり」

敵潜でなく、ちょっとがっかりである。

やがて、通常の哨戒配備になる。

夜明けとともに、今日も海上をひた走り、一路、シンガポールへ向かう。

午前は配置教育、午後は当直以外はぐっすりと三時間ほど眠る。昨夜の疲れが、これですっかりとれた。

今日、航海しているこの海は、ジャワ沖海戦のあった海面である。海戦の余韻を残すように、波は高い。この海底には、駆逐艦「満潮」の信号員三人の戦死者が、静かに永遠の眠りについているのだ。「大潮」でも、一名の戦死者が出た。思えば、悲しい海である。

三月二十六日、木曜日、晴。航海中、配置教育――。

久しぶりの晴天である。気持ちのいい航海が続いている。ひたすら、ジャワ海をシンガポールへ向かって進航して行く。南支那海に出て、いよいよ、明日はシンガポールに入港するのだ。今日の南支那海は、波も静かで、それは嵐の前の静けさのように底抜けの静かさとしか言いようがない。

シンガポールに入港すると、また上陸があるらしい。もちろん、短時間であろうが、バリックパパンやマカッサルより落ち着けるだろう。楽しみである。艦内は、その話で持ち切りだ。

午後、日本円と軍票の交換を行なう。シンガポールで使用する金だ。

泊地はセレター軍港であり、シンガポールの街までは遠いので、トラック二十台を借りる予定である。戦跡見学かたがた、昭南の町をゆっくり散策できる。みな軍票を手にしながら、上陸準備に忙しい。なにはともあれ、上陸後のプランで艦内は賑やか。町の噂に花が咲いている。

インド洋で残敵掃討

四月二日、木曜日、晴。出撃、配置教育——。

シンガポールの戦跡視察を終え、いよいよ、今日はセレター軍港を出港。鏡の如き静かなジョホール水道を、艦隊は滑るように動きはじめた。碇泊中の「室戸」、山陽丸、「占守」、それに、駆逐艦、掃海艇などの艦艇に別れを告げての出港である。

セレター飛行場を右に見ながら進航しつつ、面舵に転舵。シンガポールを一望に見渡せば、港内には、大小七十数隻の商船がぎっしりと碇泊しており、その様子を見ると、さすがに英国が東洋進出の拠点とした世界に誇る軍港だけあって、実に素晴らしく堂々とした光景だと痛感する。

シンガポールを出た艦隊は、一路、マラッカ海峡を二十ノットの快速で東進を続ける。このマラッカ海峡こそ、インド洋制圧のための最も重要な通路である。

すでに、日本の商船が前方をゆうゆうと航行している。また、漁船も右に左にと行き交う。そういう喜ばしい情況下にある。見ると、二十隻あまりの同型の小型漁船群が、日の丸の旗を掲げた一隻を先頭にして、インド洋に向かって列をなして進んでいる。陸軍の徴用船のようだ。日章旗の下に陸軍の用船旗が掲げられている。みな日本内地の漁船らしい。

マラッカ海峡を出る頃より、二十六ノットに増速、対潜警戒を厳重にして航海を続ける。

四月三日、金曜日、ペナン入港——。

マラッカ海峡を無事通過した艦隊は、午前十時二十二分、マレー半島インド洋側の要衝・ペナン島に入港した。

今日は、神武天皇祭である。午前十時四十五分、全員上甲板に上がり、東京方面に向かって遥拝。軍楽隊が「国の鎮め」を厳かに奏《かな》でるなか、式を終了した。

このペナンでは、上陸が許可されそうもないという。そこで各班長が、それぞれ各班の希望をまとめて土産物を買いにゆくということになり、みな万年筆とか靴とか、いろいろと注文している。だが今回は、十ドル位というのがみなの懐《ふところ》中具合なので、たくさんは買えない。

ここペナン島は、伊豆の大島程度の面積であって、町には無軌道電車が走り、マレー半島とは千五百メートルも離れていない。その間を、支那人やインド人等が小舟で往来して商売が行なわれている。

すでにここの治安は回復しており、平和な生活が復活しているという。なかなか住み良い町らしい。といっても、入港直後に信号が発せられて、下士官や兵はこの楽しそうな町への上陸や買い物は取り止めというので、みながっかりである。

このペナンでも煙草が不足しているらしく、「誉」か「金鵄」の五個もあれば、靴などかなり良い物と交換することができるらしい。煙草が不足しているのは、南方全域にわたって共通している現象らしい。

なにはともあれ、残念ながら、上陸できない下士官、兵では、どうすることもできない。諦めるより仕方がない。

四月四日、土曜日、晴。出港――。

九州の別府のように見えるペナン市。その背景に高い山を頂き、その山頂までの斜面に点点と別荘のような家が建っている。わが艦隊が碇泊している近くの海岸には、岸壁付近まで大きな建物が立ち並び、そのため市内は全然見えないが、無軌道電車が走っているというのであるから、相当大きな街であろう。

上陸できないまま、そういうペナン港に一夜を明かした第二艦隊主隊は、翌朝、出港用意のラッパとともに、いよいよ、インド洋作戦に向かう。

〇八〇〇、辺りはまだうす暗く、出港とともに次第に夜も明けてくる。

主隊と同じく出港した第五駆逐隊は、ここで別れて、ペナン沖をビルマ方面に航行中の船団を護衛中の「香椎」「占守」と合流し、その四十八隻の大輸送船団の護衛に参加、これを強化することになる。

また、機動部隊も予定どおりインド洋に進出しているが、悪天候のため偵察機を発進させることができず、明日は偵察、明後日（〇六〇〇）攻撃開始という予定が、少し心配になってきた。なんとかして、敵の大部隊を発見し、猛攻撃ができるよう心の中で祈りたい気持ちである。


四月五日、日曜日、晴。航海中――。

ペナン島を出港して丸一日、配置付近にて警戒を続ける。十八ノットの速力で、針路を西へ向けて進む。天候は依然として回復せず、セイロン島付近の天気の状況は極めて悪く、海上の見通しもまったく利かない。午前九時十分、反転して、スマトラ北端にある小さな島サバンに向かう。

一〇四五（午前十時四十五分）、機動部隊指揮官より同隊に対し、「全軍突撃せよ」と、命令が出た。艦爆、艦攻が一斉に発進、セイロン島とその付近の重要な都市、そして、コロンボ付近にいるであろう敵艦隊の攻撃に向かった。

一一三五、機動部隊より、「われ攻撃終了、帰途につく」このように報じて来たが、戦果は不明のようだ。悪天候のため、敵艦隊は発見できなかったらしい。結局、陸上だけを攻撃した模様である。

本隊も、昨日以来、見張りを厳重にして敵発見に努めてきたが、逃げ足の早い敵の艦隊は、悪天候を利用してどうやら逃走したらしい。

こうして索敵を続けていた艦隊が、南アンダマン諸島の南を通過、ベンガル湾に達するや、機動部隊より「攻撃終了」の報告が入電、本隊は再び反転、西へと向かった。

午後四時三分、第八戦隊の偵察機が、「敵巡洋艦二隻見ゆ」と報じて来た。

直ちに、機動部隊より雷撃機を発進させ、水偵の誘導によって攻撃に向かう。

「さぞ、セイロン島付近の敵さん、泡を食っているだろう」

と、みな喜んで大笑いである。

一八〇〇、高橋一水が、艦橋当直に立っていると、電信室に通じる伝声管から、快ニュースが飛び込んで来た。

「第一航空艦隊艦載機、敵大型巡洋艦二隻撃沈せり！」

待ちに待った嬉しいニュースだ。

当直参謀として艦橋に立っていた副官は、思わず、

大声で叫んだ。

「ワー、ヤッター！」

高橋の直ぐ前にいた近藤長官も、もちろん嬉しいに違いないのであろうが、さすがにそこは長官。喜びを嚙み殺すように唇を少し堅く締めて軽くうなずき、微笑んだ。

この時の長官の心境は、はたしてどのようなものであったか。勝ち誇ったわが機動部隊の

姿か、あるいは、撃沈された敵重巡の姿や乗員たちの苦闘の有様であったか。それは知るよしもなかったが、長官のそのあとのあまりにも静かな姿を見ていると、もしや、敵に対する同情、敗れた敵を憐れむ心根ではなかったかと、高橋一水は心の中で何故か、ふと連想した。それは、高橋自身の心のうちであったのかも知れない。

一方、「愛宕」の艦橋は歓喜に包まれ、お互いに顔を見合わせて喜び合った。

直ちに、「嵐」「野分」にも信号が送られ、艦内へは拡声機によって一斉に伝えられる。

「第一航空艦隊の飛行隊が、ただいまセイロン島の沖において、敵大型巡洋艦二隻を撃沈せり！」と。

艦内には、一斉に、

「ワーッ！」

という喜びの大声が沸き上がった。さすがのイギリスも、わが航空兵力の強さに舌を巻いたことであろう。

こうして、アンダマン島南のインド洋上を航行し続けている本隊は、これでほぼ作戦を終了し、マラッカ海峡へ向かうことになった。近藤長官は、この度、支那事変の功績によって功二級を賜わり、今日この日は二重の喜びで御機嫌である。なお、撃沈した敵重巡二隻は、ホーキンス型とか聞いたが、はっきりとはわからず、いずれそのうち詳報が入るだろう。

四月六日、月曜日、曇時々晴。航海中――。

夜に入ってから、昨日の戦果について、機動部隊指揮官から確実な報告が入る。イギリスの大型巡洋艦二隻は、ともにカンバーランド型であった。コロンボ空襲では、上空に待ち受けていた敵機と空中戦を展開、そのほとんどを撃墜した。その数六十機に達した。また、付近を逃走中の敵商船十数隻も撃沈した。以上、その報告内容である。

今日もアンダマンの南を無事航行、ほぼ機動部隊の支援を終了する。本隊は、一路、カムラン湾に向かって帰路につきつつある。

一方、第十一航空艦隊所属の元山航空隊の飛行機は、午後一時三十分、カルカッタ沖において、イギリス巡洋艦、敷設艦を爆撃、巡洋艦は艦尾より沈没しつつあり、敷設艦はすでに沈没した、という嬉しい報せが、電波に乗って舞い込んで来た。

なお、機動部隊は、逃走する敵を索敵中とのことである。

四月七日、火曜日、晴。航海中——。

毎日、配置付近で警戒している。当直以外は休業のようで、寝ていたり本を読んでいたりして待機しているが、気の休まるスキはない。蛇の生殺しのようで、気が変になってしまう。

それにしても、最近とみにうるさくなった甲板士官（艦内の軍紀・風紀の取り締まりに任ずる若年士官。俗称にわとり）が、ここ二、三日の間、腹痛のため寝ている。それで少しはのんびりできたのだが、どうやら、今日からはまた起き出したらしい。その嫌ながなり声が、またまた聞こえて来た。みな一様に顔を見合わせて、がっかりしている。

針路百三十度に定針。

昨日からマラッカ海峡に入りつつあったが、もう中ほどまで来ている。

一七三〇、水平線に、突然、大きな浮遊物を発見、一瞬、艦内に緊張が走る。

「前方右舷に浮遊物一個、左舷前方にも何か見えます！」

緊張した見張員の叫び。

「確認せよ！」

「商船のボートらしい！　人の気配はありません！」

「嵐」が確認に向かう。左舷の浮遊物の確認には、「野分」が向かう。

報告によると、どちらの浮遊物も二隻ずつのボートで、右舷方向には、さらに大型伝馬船が一隻流れていた。そのいずれにも人間は一人も乗っておらなかったが、それらは日本商船の八重山丸、春生丸のボートであることがわかった。二隻とも陸軍の輸送船であり、敵潜水艦によって撃沈されたものと思われる。乗員は救助されたらしい。

わが機動部隊は、インド洋で盛んに暴れ廻っているが、昨日から索敵中の空母からの報告によると、九日にはセイロン島の軍港・ツリンコマリーとかいう所を攻撃する予定であるということだ。

四月八日、水曜日、曇。航海中——。

早朝、マラッカ海峡の一番狭い水道にさしかかった。この付近に来ると、日本の漁船もあちこちに見えて、艦隊が近くを通ると手を振って喜んでいる。このあたりインド洋制圧の重要地点の海峡にも、すでに平和が甦りつつあり、治安状況も良いのであろう。

ところで、南方の海はどこへ行っても魚が豊富で、しかも大きいのが獲れる。その漁業資源の豊かさには驚かされる。これは、戦争のため、漁船が少ないということも原因であろうが、内地のことを思うと、なんとなくもったいないような気がしてくる。

夕方、シンガポール港沖の十五番浮標に仮泊。内地よりの郵便物を受け取る。

再び、インド洋から南支那海へ向かう。今度は、二十ノットの高速で水道を突破して、一路、カムラン湾をめざして航海を続ける。明後十日には入港予定である。


四月九日、木曜日、晴。航海中――。

南支那海を、一路、カムラン湾へ向かいつつある。蘭印付近の海は静かであるが、南支那海に入ると、次第に波も高くなってきた。しかし、荒波といっても、日本の近海ほどではなく、この程度ではまだ静かだ。

昨日までの戦場も、いまは戦争の修羅場などまったく知りもしないかのように静まりかえっている。ただ、さすがに南支那海は大海である。波も次第に高まり荒くなってきた。

今日は、予定どおり、機動部隊がセイロン島の東岸の要衝・ツリンコマリーを攻撃した。しかし、その戦果はまだ通報されて来ない。この作戦が終了すれば、機動部隊も帰途につく予定である。

今回のインド洋作戦には、潜水艦も参加し、ペナン島を基地として、ボンベイからベンガル湾一帯に網を張って行動した。いずれ、その数々の戦果が報告されることであろう。

四月十日、金曜日、晴。カムラン湾入港——。

南支那海をひた走り、かつてイギリス東洋艦隊の主力を撃滅した海面を右に見ながら北上を続けた。

一五二〇、再び入港することはなかろうと思っていたカムラン湾へ、本隊は第四回目の入港を果たした。

艦隊が開戦初頭に来た頃は、南支那海も敵に対する警戒が異常に厳しかったが、今度の航海では至って静かである。これは、わが国が制海権を完全に掌握した結果であろう。

カムラン湾も、今は内地の初夏といった感じの季節で、青々と眼に映る山々も、その若葉で匂いたつような感じであり、赤道付近からやって来たためであろう、肌にはいくらか涼しくあたって気持ちがいい。湾内も在泊艦船の数は少なく、商船がほんの数隻のみだ。

入港後、直ちに帝洋丸を横付して、重油の補給を行なう。郵便物もだいぶ来ている。すぐさま、故郷から送られて来た手紙や小包などの多数の袋が、舷門付近の甲板一杯に広げられる。

今日は、早朝から素晴らしい吉報が続々と入って来る。機動部隊が昨日攻撃を加えたセイロン島ツリンコマリーの戦果の通報である。空母一隻、軽巡二隻、駆逐艦一隻、掃海艇一隻、商船六隻を撃沈。軽巡一隻大破。飛行機六十機撃墜。その他、敵重要軍事施設を猛爆、大損害を与えた。

また、比島戦線では、昨夜、遂にバターン半島の総指揮官が降伏を申し出たという。

第二章　転機・ミッドウェー作戦

ミッドウェー島攻撃開始

六月五日、金曜日、快晴――。

早朝〇一三〇、吊光投弾を右正面横付近に発見したので、寝惚け眼をこすりながら配置に付く。配置に付くと、そこはやはり戦闘だ、一度に眼が冴えてくる。しかし、吊光投弾は、なんだか星の見誤りだったらしい。速力を二十ノットに増速し、先行中の友軍に対する護衛と援助の行動をとっている。

ダッチハーバー攻撃に関する詳報は、未だ入電せず。しばらくして、配置に付けは解除され、二直配置となる。三時十七分には、もう機動部隊のミッドウェー第一次爆撃終了の無電が入る。敵もその少し前に、ミッドウェー全域に空襲警報を発令し、対空戦闘による邀撃態勢をとっていた。

「利根」の四号機（水偵）から第一航空艦隊司令部への報告によると、

「敵水上艦隊十隻、ミッドウェーの十度、二百四十カイリに見ゆ。針路百五十度、速力二十ノットにて逃走中（〇四四二）」

また、〇四四五、第一航空戦隊の艦載機が、敵大艇一機を撃墜す。同時に、利根機が、「先の十隻よりなる敵水上艦隊は、針路八十度に変針し、二十ノットにてハワイ方面に逃走中」

と報じる。

〇五二九、敵の大艇一機、右三十度に発見。直ちに配置に付き対空戦闘。しかし、敵機はまったく近づかず、左三十度付近で見失ってしまう。間もなく、「瑞鳳」が戦闘機二機を発進、追撃に向かわせる。

六時二十三分、本艦は発艦索敵中の一号機を揚収す。終わって、艦内哨戒第三配備となる。今日も本当に良い天気で、敵機が接近して来たら、五、六万メートル先でも見つけられると、意気込んでいる。

また新しいニュースが入った。第十一航空戦隊司令官より、

「敵空母一隻、巡洋艦五隻、駆逐艦五隻をミッドウェー島十度、二百四十カイリに認め、これに向かう。〇六〇〇」

と無電して来た。

これは、どうやら前の「敵水上艦隊十隻がハワイ方面に遁走中」というのと同一艦隊と思われる。また、同司令官より神川丸へ、

「飛行艇見ゆ、百度方向、これを撃墜せよ」

と電報が発せられる。

ほんとうに素晴らしいニュースばかりである。

先に本艦が発見した敵大艇の追撃に向かった時のわが戦闘機（零式艦上戦闘機）の速さ、その雄姿は実に頼もしく感じた。

〇八三〇、いよいよ、敵大部隊に接近して海戦を交えんと、二十八ノットに増速、針路を五十度から九十度に転舵、東進。

この時、突然、艦隊旗艦から無電が飛び込む。敵機動部隊の飛行機に攻撃され、「赤城」が火災を起こした模様だ。しかし、被害は大したことはないらしい。敵の空母も、一隻が火災を起こし、炎上しているという。

十時半より当直に立っていると、十分ごとに、電信室に通じる拡声器から情報が刻々と響いて来る。第一航空艦隊艦載機より、

「われ敵空母を雷撃す、二発命中、一一四五」

などなど、戦闘は、彼我入り乱れているようだ。

そして、わが全軍を掌握している連合艦隊旗艦より、緊急電が入って来た。

「電令　㈠ダッチハーバー、ミッドウェー攻略を一時延期す。輸送船団は大宮島（グアム島）へ反転準備せよ。㈡、攻略部隊の一部を以て、今夜、ミッドウェーの陸上軍事施設、飛行基地を砲撃せよ」

それとは別に、第四駆逐隊司令より、

「捕虜のアメリカ海軍少尉の言によれば、敵兵力は空母三隻（エンタープライズ、ヨークタウン、ホーネット）、大巡六隻、駆逐艦十隻の機動部隊なり」

また、第一航空艦隊長官より、

「敵機動部隊を撃滅したる後、北上す。第二機動部隊は直ちに合同せよ」

さらに、本長官より伝令にて、

「今夜、夜戦を決行す。万遺憾なきようにせよ」

こうして、ニュースはこの後もどんどん続いている。

今夜は夜戦となるか。敵もさるもの、針路二百八十度、二十四ノットで向かって来るというから、面白くなってきた。

しかし、わが機動部隊も相当活躍したのであるが、敵の兵力大にして、遂に「赤城」「加賀」「蒼龍」という、空母の中でも最優秀艦が相次いで損傷を被り、なかには沈没したものもあるというような噂が高い。「飛龍」だけが小破で済み、「長良」が護衛して北上中とのこと。残念でならない。

その「長良」に移った南雲長官より、

「敵兵力、空母五隻（内二隻大破）、大巡六隻、駆逐艦十五隻西行中」

との無電あり。いよいよ、会敵も迫った模様だ。

「二二〇〇以後、全速即時待機となせ」

と発信される。また、

「二二〇〇以後、会敵を予期す。索敵隊形へ」

も発信されて、皆揃って張り切り出す。

「二一〇〇頃より、ミッドウェー陸上軍事施設を砲撃す」

と、伊号一六三潜水艦より電あり。

会敵を祈るとともに、これを撃滅することを祈願したい。

ミッドウェー攻略遂に断念

昨夜は遂に会敵し得ず。

連合艦隊司令長官より、「主力と合同するよう行動せよ」との報に、反転、針路三百五度、二十四ノットにて西行す。味方もかなり被害を受けたため、遂に攻略を一時延期することに決したのだ。誠に残念である。

この時、高橋一水は身体の調子が悪く、咽喉から血が出たので、いささか驚いていた。その咽喉は痛むし、頭は痛い。さらに、腹具合も余り良くない。それに、熱まであるときている。といって、戦争に待ったはない。男は我慢第一だと、息切れしながらでも見張り当直に立たなければならない。

一時半、「対空戦闘」の号令で飛び起き、配置に付いたが、敵機もいち早く逃走したらしく、間もなく、要具収めになった。

○四三○、主力（「大和」「長門」「陸奥」「千代田」「鳳翔」「川内」など）と合同する。
五時五分、「三隈」より、「われ敵爆撃機八機と交戦、砲撃中」と報じて来る。

その後、「これを撃退す」と、電あり。

わが損傷せし空母のその後の状況は、いまだはっきりわからない。

三百十度より二百七十度に変針。ミッドウェー島を遠く去りつつあり。

午後には、「霧島」「榛名」「利根」「長良」、第二水雷戦隊と機動部隊も加わり、この方面の部隊は、ほとんど集結した。素晴らしい大部隊である。しかし、機動部隊も加わったのに、肝腎な空母が全く見えないとは、なんといっても心淋しい。やっぱり、全部やられてしまったのか？　わが大部隊の後方に、敵の機動部隊がいるのか？

夕方、「対空戦闘」がかかり、配置に付いたがすぐ要具収めになる。今日は、これで四回目の対空戦闘である。

針路二百七十度にて西進。洋上補給を受ける。これからどうなるのであろうか。これでは、おめおめとは帰れない、そんな心境になっている。

低い雲が垂れ下がり、なんとなく不愉快だ。現在、二十ノットの速力で進行中。第七戦隊も合同する予定であるが、いまだに合同できない。
○九○○、第七戦隊司令官より、「敵大部隊と交戦中、救援たのむ」という悲報を受ける。
悲報はさらに続く。「三隈」が遂に撃沈される。

続いて、山本長官より、「攻略部隊は、直ちに救護に向かえ」との命に、針路百九十度にて南下す。

参加部隊は、第四、五、八戦隊各二隻ずつと、それに、第二、四水雷戦隊である。「瑞鳳」もその後から来る。

噂のように、わが機動部隊の最優秀正規空母四隻も、遂に太平洋上から姿を消したようである。艦内は乗員の憤激が渦を巻き、誰もが憤怒の形相に燃え、なんとしても仇敵に立ち向かわんと、新たな決意を心に秘めてみな張り切っている。

先日敵に向かわんとした時、山本長官から「合同せよ」という号令が来なかったとしたら、あの時、敵を完膚なきまでに撃破したものをと、残念でならない。今度こそは絶対に撃滅するのだ。

味方には飛行機がないに等しいので、「瑞鳳」の攻撃機約十機と戦闘機十機、それに各艦の艦載機（水上偵察機）を以て敵に抗し、撃滅せんとす。

乗員たちは、出撃準備をする搭乗員を見守っている。その搭乗員も、なんとなく心淋しげな様子で、それが死を覚悟した人間の有りようとしてわれわれの眼に映る。それが印象的である。なんといっても、所詮、水上偵察機であり、敵戦闘機に立ち向かえるものではないかもしれない。それを一番よく知っているのが搭乗員だ。

とはいえ、今度こそ、本当に手応えのある海戦だ。決戦だ！　必死の覚悟である。

六月八日、月曜日、曇がち――。

今度こそはと張り切っていたのに、敵は逃走したのだろうか、全然姿が見えない。遂に、再度会敵を逸した。誠に残念だ。混沌として、敵状も不明である。水偵の偵察報告もなく、反転して「乙点」に補給に向かうことになった。

「最上」もかなりの損傷で、艦首は十メートルほどもぎ取られ、左舷に傾いている。四、五番砲塔は使用不能となり、主計長以下百余名の戦死者を出した。もちろん、飛行機など一機も見当たらない。「荒潮」「朝潮」も撃沈され、つくづく可哀想になる。

敗戦の惨めさ、恐ろしさをしみじみと感じ、戦わねばならない身の複雑な心境を味わう。しかし、すぐそのあとから負けじ魂が起ち上がり、仇敵を討ち、必ず仇は立派にとってやるという勇猛心がむらむらと湧いてきて、より以上に張り切る。

第一回の会敵のチャンスを逃した参謀たちは、みな憤慨している。「あの時、突入していたら大戦果が上がっていたかも知れない。山本長官の中止命令がなかったら、敵を撃滅できたのに」と、残念がっている。しかし、その反対に、一足早く海底の藻屑となっていたのかも知れないのだ。

六月九日、火曜日、快晴――。

早朝より、重油船佐多、鶴見、玄洋丸、日本丸と会い、補給す。補給終了後、五戦隊（妙高、羽黒）、それに「瑞鳳」は北方方面へ向かった。すでに、四水戦は八戦隊と共に隊列を離れて別行動をとっている。また、七戦隊はトラック島へ向かい、それぞれの任務につく。

一五一〇、主力の第一戦隊（大和、長門、陸奥）、第三戦隊（金剛、榛名）、「鳳翔」等は合同し、遂に、この方面の作戦は一時打ち切り、内海へ帰ることになった。残念である。

「これでおめおめ帰れるか！」

みな、一様に憤慨している。

しかし今度の海戦は五分五分の戦いで、敵も相当の被害があり、空母も三隻は撃沈したはずである。


六月十日、水曜日、快晴。敵潜水艦現わる――。

〇二四五、総員起こし。毎日、暑い航海が続く。もう半月近くも戦闘航海を続けているので、十日間ほど風呂に入っていない。この厳しい戦争下で入浴など言っておれない。開戦当初の静かだった頃が、無性に懐かしく思い出される。

といっても、同じ暑さながら、負け戦《いくさ》の暑さはなんとも身に染みて感じられる。それも身体中が汗でベトベトして気持ちが悪くてならぬ。その流れる汗で浮き上がってくる垢を手でこすって落としたりして、これもまた一興であると負け惜しみを言っている。

午後、「千歳」「長良」などと合同。機動部隊の参謀長が、「長良」から「大和」に移って、山本長官に「赤城」はじめ各艦の撃沈状況など、当時の戦況を詳しく報告したようである。

その後、その参謀長は「長良」に戻り、夕刻には「長良」は先行して内地へ向かった。

日没時、敵潜水艦が現われ、それに対し爆雷攻撃や「大和」の副砲などで攻撃。本艦も初の爆雷戦を行なった。

六月十二日、金曜日、曇後小雨。ミッドウェー強襲発表――。

之字運動を行ないつつ、今日も無事に航海を続けている。

午後より視界悪く、父島方面に向かった本艦三号機が不時着して、行方不明になる。早速、「村雨」を救援に向かわせる一方、一号機を発進させて捜索した結果、父島付近の向島という小島に不時着していて、乗員たちは無事であった。

昨日、大本営より、ミッドウェー強襲に関する発表あり。敵航空母艦エンタープライズ型、ホーネット型各一隻を撃沈、敵飛行機百二十機を撃墜、という内容で、わが方の損害は、航空母艦一隻喪失、一隻大破、巡洋艦一隻大破、未だ帰還せざる飛行機三十五機と公表された。

しかし、わが方の損害は三分の一しか発表されていない。大本営もなかなか辛いところだ。なんといっても、まったく残念な話である。ここのところは、まず一度内地へ帰って態勢を立て直して、また頑張るしかない。失敗は成功のもとだ。（史実によると、米側は空母、駆逐艦各一隻、飛行機百五十二機、兵員三百六十四名を失い、日本側は空母四隻、重巡、潜水艦各一隻、飛行機三百二十二機、兵員三千六十四名を失っている）

六月十三日、土曜日、雨――。

日本本土は、もう入梅になったことであろう。

今日も視界が悪くて見張りが充分にできないでいる。気持ちまでが不愉快である。南方方面の作戦中は、毎日が変化のある航海であったが、この頃は何事もなく、梅雨時とあってみればなおさら面白くない。

また、連合艦隊の旗艦と行動を共にしていると、なんとなく神経過敏になり、毎日、敵潜に襲われているように思えるのであろう。

「敵潜発見！」

大声が飛ぶ。

「二百十度、千五百」

緊急信号がマストにするすると上がる。

「配置に付け！」

「爆雷戦用意！」

拡声器は鳴り響く。

「大和」は水中深信儀（ソナー）で発見したのであろう、高角砲を発砲している。見ると、駆逐艦が二十ノットの高速で進撃して、爆雷を投下して廻っている。なんのことはない、ちょっとした訓練、そんなふうに見える光景である。

六月十四日、日曜日、雨。柱島に帰る――。

今日もまた雨である。視界もあい変わらずといっていいくらいに悪い。

一〇〇〇、沖の島に達したが、なかなか島らしいものが見えない。視界が四キロ程度しかないのだから弱ってしまう。

豊後水道も無事通過。美しい瀬戸内海へ、半月ぶりに入った。しかし、濃霧が海上を流れて、島々が見えないほどだ。ただ灰色の雲霧ばかり広がって、見通しはまったく利かない。こんな日は、時々眼に入る漁船や定期便等の小さな船に悩まされる。接触でもしたら大変である。

伊予灘にさしかかると、前方を「由良」と「浜風」が航行している。四水戦の一部は、すでに佐伯湾に向かってしまった。後方には、第一戦隊の堂々とした行進ぶりが、靄の中に浮かび上がってくる。それに続くは、第三戦隊、第十一航空戦隊、「鳳翔」等である。

間もなく、クダコ水道の灯台が見えてきた。同水道を抜けて、十七日ぶりに眼に入ってくる広島湾。雨は、なおも降り続ける。

一八〇〇、柱島泊地の三番浮標（ブイ）に繋留した。

まったく長い航海であった。太平洋のまっ只中まで行って帰って来たのだ。この浮標を離れて十七日間、再びこうしてこの浮標に繋がれるまで、一度も碇泊することがなかったのだから、本当に長い航海だった。しかも、ここを出る時は、作戦もうまくゆく予定であったのが、大きくその当ても外れてしまった。それだけに、十七日間の航海は長く感じられた。

錨地には、すでに「瑞鶴」をはじめとして、「長良」、高砂丸、氷川丸や最新鋭の単煙突の駆逐艦「秋月」（これは「瑞鶴」の後方に）などが碇泊している。懐かしい特務艦「間宮」もいる。みな、雨に濡れそぼって、淋しそうに同じ方向に舳《みよし》（船首）を向けている。

今日は、二週間ぶりに風呂に入り、せいせいして気持ちが良い。

しかし、雨がしとしとと降り続けるし、なんにしても淋しさがつのる想いである。

そこへ今夜は凱旋祝い？　と称して、ビール二本宛にて酒宴をはじめようという話。だが、美味しくない。こんな戦果ではうまく飲めるわけがない。酔って、何もかも忘れたい。そんな気持ちで、みんな飲んでいる。それでも、いつの間にか歌も出る。そして、最後には結構愉快になって、みな何もかも忘れたように騒ぎ出していた。帰還第一夜である。


六月十五日、月曜日、快晴――。

久しぶりの碇泊である。小雨降る内地の心地良い風に吹かれながら、柱島の一夜を明かす。

〇四一五、総員起こし。

遠く、有名な阿多田島や厳島も見えて、気持ちが良い。昨日とは打って変わっての上天気、カラッと晴れ上がった快晴である。今日は、久しぶりに一日中の大掃除である。まったく、この上天気は大掃除日和といっても過言ではない。夕方には、艦内至るところ見違えるように綺麗になった。

今日も入浴が許され、さっぱりした気分で誠に気持ちが良い。あまり暑くもなく、ちょうど良い気候で、心まで潑溂《はつらつ》として元気を盛り返した。

さっぱりしたところで手紙でも書こうと思ったが、今度から、手紙は封筒絶対不可で、葉書だけということになった。防諜を徹底させるためである。なんとなく書きにくい。戦闘航海中は手紙どころではなかった。だからせめて父母へだけでもと思い、久しぶりにペンを走らせる。

六月十六日、火曜日、快晴――。

昨日は久しぶりの大掃除をして、入浴。居住区も綺麗になり、身体もせいせいして、本当に気持ちが良い。今日は日課手入れ。午前、午後とも休業で、これまた久しぶりにのんびりした。午前中は将棋に夢中になり、午後は居住区でゆっくりと昼寝である。夜は、日没より飛行甲板で映画があり、一日中、愉快であった。

長官もなかなかの映画好きであるらしい。いつも熱心に見ている。田中絹代の「初恋」は、とても面白く良いところがあった。しかし、エノケンのはなんとも馬鹿らしくて、面白いというだけ。大したことはない。最後の「可愛いい! 慰問団」は、小さな子供が一人前に芸をやるのには驚いた。

十時半に終了。楽しかった一日も終わり、明日からはまた艦隊の猛訓練が始まることだろう。さあ、張り切ろう。


六月十七日、水曜日、小雨――。

二日間、とても良いお天気が続き、梅雨時とも思えなかったが、今朝はしとしとと気持ちが重くなるような雨が降り出している。

いよいよ、今日から艦隊訓練が始まった。総員起こしから始まって、夜は日没からの夜間訓練まで、なかなか忙しい。

今日は朝の課業始めの時に、副長から特に注意があった。起床が早いので寝る時間が少ないから、昼休みを長くした。昼は必ず休めとのことだった。

午後は、本艦が対空警戒艦であるため、六時まで三直配置で警戒を行なう。しかし、ここでは安全であるという安心感が心の中にあり、見張りにも緊張感がなかなか湧いて来ない。これではいけない！　見張りこそ艦の眼《まなこ》だと、心を持ち直して頑張る。

視感《しかん》、すなわち見るということは五感の中で最も大切なものといわれる。軍艦にあっては、見張りは眼そのものである。航行する時、眼がなければ進むことができない。敵と相対する時でも、潜望鏡発見も、また、敵機の発見も全て見張りである。先に見つけたほうが必ず勝利に結びつくとされている。昔、日清戦争の時、青島で碇泊中の高千穂丸が、敵の駆逐艦に夜襲をかけられて撃沈された話は有名である。これも見張りが不充分であったことが原因といわれている。

雨は次第に強くなり、風も出て来た。横なぐりに吹きつけてくる雨の中、午前八時より健洋丸を艦首に横付けして補給を行なう。

雨の柱島に雲がかかり、あれが笠雲だと聞かされた。

悲劇の跡

六月二十四日、水曜日、曇――。

今日も、一日中はっきりしない天気だったが、どうやら雨は降り出してこないようだ。

午後は、対空警戒の当直艦として、見張り当直に忙しい。

夕方、北方作戦（アリューシャン列島ダッチハーバー）に参加していた警戒部隊、戦艦「山城」を旗艦とする「日向」「扶桑」「伊勢」の二戦隊、「大井」「北上」の九戦隊、一、二、三水雷戦隊の一部、「神通」「川内」、それに、十戦隊の「長良」などが、続々と入港する。

柱島も、また賑やかになってきた。

しかし、今度の作戦で最も可哀想であり、悲惨だったのは、北方部隊よりもミッドウェー攻略部隊の空母四隻と「三隈」である。

「三隈」に関しては、噂であるが、爆撃を受けて艦長は戦死、残った副長が指揮を執ったが、沈没は免れなかった。副長は、沈没する「三隈」と運命を共にしたという。副長は二分隊長とともに艦橋に立ち、救助されて艦を離れてゆく乗員たちを見送りながら手を振りつつ、沈みゆく「三隈」もろとも海底深く没して行った。

海上からその姿を見、その光景に接した乗員たちや他艦の将兵は、誰もが男泣きに泣いたという。また、その時、三分隊長は後部の四番砲塔の上で腹一文字に割腹したといわれる。

いずれも、涙なしに見ることも聞くこともできない哀切極まりなき話である。

一方、航空母艦の場合も、第二航空戦隊の旗艦「飛龍」が沈没する際に、「三隈」と同じ光景が見られた。すなわち、司令官・山口多聞少将と艦長・加来止男大佐の二人が、艦と共に海底に沈んで行ったという。誠に惜しむべき名将を日本は失ったというべきである。もしも、この山口少将の意見〈即時発艦〉をいれておれば、ミッドウェーの大敗北は免れていたかも知れないのだ。

さらに悲惨であったのは、母艦を失った飛行機の搭乗員たちである。無事に帰って来ても母艦はなく、燃料の尽きるまで、必死になって飛び続けたが、最後には、友軍の駆逐艦や軽巡の周辺海上に不時着し、涙を飲んで愛機を捨て、救助されたという。

その情景をどうすることもなくただ見守るしかない駆逐艦や軽巡の乗員たちは、着水してくる飛行機を次々と確認し、海面に浮くその搭乗員たちを、棒やロープを以て引き上げるべく甲板上で待っているより手段がなかった。

愛機を捨てざるを得ぬ者、それを見守らねばならぬ者、共に残念でたまらなかったことであろう。それでも、そのようにして数は少なかったにしろ搭乗員を救助することができたということは、不幸中の幸いである。この搭乗員たちは、次の作戦で活躍できる重要な戦力であった。

やがて、柱島に商船を改造した空母「雲鷹」が入港して来た。見ると、なんと、それはかつてアメリカ航路の豪華客船八幡丸であった。昔の面影はまったくなくなり、大型航空母艦として生まれ変わっている。大変身である。

六月二十六日、金曜日、晴――。

明治天皇御製「あさみどりすみわたりたる大空のひろきをおのが心ともがな」

海軍部隊、北方に活躍。

〈大本営発表〉

「アリューシャン列島方面に作戦中の帝国海軍部隊は、六月七日キスカ島を、同八日アッツ島を急襲、これを占領し、引き続き付近の諸島を掃討中なり」

キスカ島は「鳴神島」、アッツ島は「熱田島」と、日本名に改名したという。

午後は、久しぶりに被服点検があり、あちこちで不足品が出て、あわてていた。戦争中では、少しぐらい、やむをえないであろう。明日は待ちに待った銃剣術や角力の分隊対抗競技がある。

六月二十七日、土曜日、曇時々晴――。

八時十五分より分隊対抗の銃剣術、角力競技大会が開始された。高橋一水は、午前中は見張り当直があって見られなかった。銃剣術はあまり成績が良くなく、十五番のうち七番で、勝率五割であった。

午後の角力大会は、断然奮起して大活躍した。初めは五人続けて負けてしまったが、あとはほとんど勝ちっ放しだ。二十五名出場して六人しか負けず、五人抜きの勝者を四人も出し、高橋も五人抜きの奮闘をした。

結果は、十五分隊中一番の成績で、見事に優勝した。しかし、銃剣術の成績が悪かったので、総合成績では二位に甘んじた。こうして、無事に競技大会を終え、夕食後に酒保が許された。直ちに酒宴が開かれて、みな、思う存分に歌ったり騒いだりして愉快であった。

六月二十八日、日曜日、晴――。

昨夜少し飲み過ぎて、重い頭を押さえながらの総員起こしだ。いよいよ今日は四回目の呉入港である。八時に軍艦旗掲揚、直ちに出港。一路、広島湾を出て呉に向かった。戦闘訓練をやりながら航行を続けるが、視界が悪く、海上の見通しが利かない。

柱島をかすかに見ながら、端島を右に、左に遠く伊勢小島を霧の中にわずかに望みながら、原速（十二ノット）で滑るように静かな海上を走る。間もなく、兜島を左に、右に黒神島や白石灯標を、さらに阿多田島や厳島などを左に見つつ、面舵に変針。右に江田島を、左には東海道本線から直結している山陽線呉廻りの汽車が、本艦と競走するように黒い煙を吐きながら走っているのを眺める。やがて、麗女島《うるめ》が見え出した。

一〇三〇、十四番浮標（ブイ）へ繋留する。相変わらず、煙ったい港である。

午後は、十二時から二十時間の上陸が許され、みな元気に上陸した。

波止場を通って門を出ると、懐かしい平山教員が待っていた。三年近くも一緒にいた平山兵曹が、兵学校教員として転勤してから、今日は久しぶりで会うことになったのである。入港すると伝え聞いて、平山兵曹は江田島からわざわざ駆けつけて来たのだ。

早速、街をぶらぶらしながら旅館をとり、風呂に入り、床屋に行ったりして、さっぱりしたところで飲みはじめる。みな、相変わらずの飲みっぷりだ。全員で六名の猛者揃い。二次会は屋形船という品のいい料亭に移る。

こうして九時三十分に解散。十時に定期便で帰るため、平山兵曹を見送って別れる。首藤兵曹はとうとう泊まったようだ。思わずサイフをのぞいて見ると、中味はからっぽであった。良く飲み、良く遊んだものだ。

七月三日、金曜日、曇後雨――。

昨日の午後三時半、再び柱島に戻った。その時は、久しぶりにカラリと晴れて、在泊艦船も良く見えた。そして、昨夜はそれからしばらくぶりの夜間訓練であった。夜更けとともに、また雨が降り出してきた。今朝起きてみると、雨はどうやら止んでいるものの、そんなに良い天気ではない。

〇七四五、第一戦隊（大和、陸奥、長門）が出港。「大和」は呉へ、「陸奥」と「長門」は内海へ出動訓練に向かった。

この「陸奥」と「長門」は昨年九月以来入渠《にゅうきょ》しておらず、また、横須賀にも帰港していない。そして、今度、呉へ入渠するので、横須賀へは当分帰れないらしい。母港に帰れないということは、誠に淋しいものだ。両艦の乗組員たちは、さぞ淋しいことであろう。

今日は、アメリカの独立記念日が明日であるということで、それを機会として敵が攻撃を開始するのではないかという情報？　が、朝から入ってくる。昼間から哨戒配備三直にて続行する。アメリカは外国との本当の戦争は知らないのであるから、その点はたかが知れてる。といって、もちろん、油断は禁物である。

サンゴ海で損傷した空母「翔鶴」も、修理を急いでいて、今月中には終了するという。この「翔鶴」へ航空艦隊の旗艦が移れば、本艦もいよいよこれらと共に出撃らしい。


七月四日、土曜日、晴――。

今日はアメリカの独立記念日である。

〇九三五、「南洋のヤルート島の二百度（南）、三百カイリに、空母一隻、巡洋艦二隻より成る敵機動部隊現わる」との報があったが、その後、状況についての報告はない。その付近には、味方の第二十五、二十六航空戦隊（サンゴ海の残存部隊）の基地があるから、ぜひとも出撃してくれないかと、祈っている。

また、これとは別に、午後になって、「東京の緯度と同じ線である千カイリに、敵機動部隊現わる」との報もあった。明日は日曜であるから、危ないかも知れない。

しかし、今度こそは敵さん二度と来られないように、徹底的にやっつけてしまおう。本土空襲など、二度と受けないためにも断乎としてやらねばならぬ。


七月五日、日曜日、快晴――。

今朝は、敵機の来襲する危険があるというので、直ちに配置に付けがかかった。続いて、毎朝行なわれる早朝訓練へと続き、そのまま、一日中、対空警戒を実施していたが、アメリカ軍は遂に来なかった。

もちろん、日本本土を襲えば自分のほうもやられるということは、アメリカ側も知っていたことであろう。ただ、もしも来襲されたとしたら、こちらも一大事ではあった。

七月八日、水曜日、快晴――。

第七戦隊（熊野、鈴谷）が、呉より回港した。

「最上」は、ミッドウェー攻略作戦の時の爆撃による損傷や、「三隈」との追突事故の傷のため、未だに、トラック島において、工作艦「明石」に横付けして修理中であるが、一方の「三隈」は、すでに太平洋の海底深く沈んでいる。

「鳥海」と第二戦隊は、九日に一類戦技（最も実戦に近い訓練）のため出動した。なお、「鳥海」は、訓練終了後、呉に回港、整備したあと、第八艦隊の旗艦となる予定で、現地の海域に行くらしい。

七月十四日、火曜日、快晴――。

艦隊の大編成替えにより、十四日から「翔鶴」が三艦隊（機動部隊）旗艦となった。その航空艦隊の司令長官である南雲長官が、午前十時に「霧島」から移った。今度は、「高雄」

も四戦隊の二番艦に元どおり復帰した。

作戦が一段落したので、続々と艦隊が入港、集結しつつある。


七月十七日、金曜日、晴——。

二年ぶりに入港した徳山湾で、一夜を明かした。今日も出動訓練日和だ。徳山は、艦隊寄港地の中でも懐かしいところである。十二時に出港して、対空戦闘訓練を行なう。今回の開戦以来、飛行機に対する戦闘が、特に重要視されるようになった。それは、ハワイ奇襲に始まり、マレー沖海戦、インド洋、サンゴ海と、数多くの海戦を通して、飛行機の活躍は目覚ましく、ほとんどの戦果が飛行機によるものであったという事実からだ。

対空戦闘のあと、魚雷戦教練を行ない、左右一本ずつ発射した。魚雷はあの偉大なる六十一センチの巨大な魚雷（九三式酸素魚雷）で、午後四時、訓練終了。魚雷を回収し、伊予灘における単独訓練を終え、一路、柱島に向かった。

一九三〇、三番浮標（ブイ）に繋留した。二戦隊や「高雄」、そして「摩耶」も呉から柱島に来ていた。


七月十八日、土曜日、晴——。

今日から月末まで、「瑞鶴」艦上機の襲撃訓練があり、〇八〇〇（午前八時）、配置に付く。間もなく、零戦九機が現われ、泊地の各艦に対し、急降下の襲撃訓練が開始された。物凄い爆音とともに、眼にもとまらぬ早業で突っ込んで来る。

零戦は、世界でも有名な戦闘機であるだけに、その性能は至って優秀で、見ていても誠に頼もしい。しばらくぶりで見る零戦の敏捷さ、果敢さに力強さを感じる。

これで、ミッドウェーで失った空母四隻（赤城、加賀、蒼龍、飛龍）の抜けた穴は、充分に埋められるぞと、ほっとする気持ちである。

午後は、昨日来、行方不明になっている角田三水の捜索がはじめられ、艦内をくまなく探す。しかし、いくら探しても見当たらない。海にも、カッター二隻を出して捜すが、未だに不明だ。十九日は日曜であったが、休業などしておれない。続けてカッターを出し角田三水を捜索している。

夜は映画の上映だ。ひんぱんに映画がある。これも、旗艦のお陰だ。旗艦ではすべてが優先されるので、有難い。


七月二十一日、火曜日、快晴。柱島――。

日本の夏も、これはこれで、南洋以上に暑さを感じる。来る日も、来る日も、全く暑い。太陽は照りつけ、甲板上は灼熱の熱さである。内地の夏もこんなに暑かったかと、今さらに感じ入る。なんといっても、昨年来、長い間ほとんど寒さ知らずで過ごして来ただけに、身体がなんとなく変であるが、それにも大分馴れたようである。だが、南洋は暑いといっても、スコールがあるので、内地と違って楽なのだ。

今日から、また封書で手紙を書くことが解禁された。ミッドウェー海戦以来、防諜のため、封書は禁じられていたのだが、それが再び許可されたのだ。みな、一斉に二ヵ月分ぐらいを夢中で書いている。

サンゴ海で損傷を受けた空母「翔鶴」が修理を終えて、その頼もしい巨体をわれわれの前に現わした。わが艦隊の虎の子空母よ！　これからの活躍と無事を祈る！

七月二十二日、水曜日、快晴——。

梅雨も明けて、ここしばらく天気続きで雨が降る気配は全くない。それだけに暑さは厳しいが、それもあとしばらくで峠を越すのではないか。

十一月一日より、海軍の下士官、兵の等級の呼称が変わり、陸軍の場合と同じようになるという。兵は、二等兵から始まって兵長まで、下士官は二等兵曹から上等兵曹までになる。最初のうちは、ちょっと呼びにくいと思うが、馴れてしまえば、呼称ぐらい別にどうということもないであろう。

七月二十八日、火曜日、快晴——。

一ヵ月半にわたった猛訓練の最後の仕上げの時が来た。今日は、九時四十五分出港。伊予灘において、水偵より投下した落下傘へ、高角砲、機銃の訓練射撃をはじめる。続いて、主砲の昼間射撃を行なう。曳的艦は、五戦隊の「羽黒」。なかなかの良い成績を収めた。一斉射撃の物凄い砲声と銃声は、南方作戦で敵を壊滅せしめた時を思わせて、実に頼もしい情況であった。終わって、魚雷発射。主砲発射は、視界が悪くなって見通しが利かず、昼間は一万一千メートル、夜間は九千メートルに近づいて行なう。

翌二十九日は日没後より一人宛ビール一本ずつが配給され、みなでささやかな戦技祝いが催された。

七月三十日、木曜日、快晴――。

暑い毎日を、同じことをして過ごして、何の変化もないのは辛い。対空戦闘にも飽きがくる。今日は、艦戦、艦攻の襲撃訓練だ。これはこれで、その姿はいつ見ても、頼もしく気持ちがいい。

この日は、艦の外舷がだいぶ汚れたというので、総塗装を行ない、見違えるように綺麗になった。四戦隊の各艦も、全部、化粧を終えた。夕方、ペンキだらけの顔や体を洗面器二杯の水で洗い流して、さっぱりした。

日没より、第六回の映写が始まる。納涼映画の夕べ、というところである。今夜の上映は、まず、「日本ニュース」の最新ものを数巻続けて、次に、大船映画の「噛みついた花嫁」で高杉早苗と上原謙の主演である。次が、大都映画の「謎の白頭巾」であった。

八月一日、土曜日、快晴――。

七月最後の日曜日も先だって柱島で過ごして、暑い一ヵ月も過ぎ去った。何の思い出として残るものとてなく、何の変化もない一ヵ月であった。

思えば、南方を六ヵ月余り航海し、転戦を続けた開戦初頭の作戦、それが一段落して、戦勝気分で意気揚々と横須賀に帰投、入港した頃が、やはり、われわれにとって最大の華だったということであろうか。

その横須賀入港を境に、何かが少し狂ったのか、あの突如ともいえる本土空襲、それを追跡しての八百カイリ余りの航海、敵機動部隊の未発見と続き、そのあとのミッドウェー作戦の敗北。わが攻撃部隊は、日本海軍虎の子の空母四隻を失い、重巡「三隈」も海底に沈んだ。

こうして考えてみると、まったく残念な作戦ばかりが思い出されて、内地へなどおめおめ帰れる立場でもなかった。

第三章　ソロモン消耗戦始まる

久しぶりの出撃

八月十日、月曜日、快晴――。

呉出港直前の七日あたりから、艦内に噂が高まった。「大海戦が行なわれつつある」ということだ。

補欠班の転勤が急に決まったので、午後二時の出港予定が二時間遅れで出港。同日の六時過ぎに柱島に入港した。

〈大本営発表〉

「ソロモン方面で作戦中のわが艦隊が敵の大部隊を捕捉して、七～九日の三日間にわたる戦いの結果、戦艦一隻、巡洋艦七隻、駆逐艦四隻、商船二十隻撃沈。飛行機四十一機を撃墜した」という総合戦果が発表された。このあとも、戦果はぞくぞくと続けて発表された。一方、わが方の損害は、「六戦隊（加古、古鷹、青葉、衣笠）のうち、一艦の発射管室に命中したが、大したことはなく、また、他の一艦の一番砲塔に命中したが、これも被害軽微で、戦闘航海に差し支えなし」と発表された。

「この海戦を、ソロモン海戦と呼称す」と付け加えられる。

この時、待機中の前進部隊（四戦隊、三戦隊、「陸奥」、二水戦、四水戦）なども、直ちに戦闘準備を完成、十一日午後、出撃と決定した。艦内は、魚雷の装気、弾薬の積み込み、糧食の搭載などの作業で、急に忙しくなってきた。

こうして出撃準備をはじめると、艦内は一挙に緊張が高まり、活気が艦内一杯に広がり、漲《みなぎ》ってくる。

八月十一日、火曜日、晴。柱島出撃――。

ミッドウェー作戦以来二ヵ月余り、久しぶりに出撃する日がやって来た。今日は、まさに出撃日和というにふさわしい上天気で、誠に気持ちが良い。長い間、この柱島にいたせいであろうか、全般的に警戒も怠り勝ちであったが、いざ出撃となると、艦内はまた、張り切りようが違ってくる。みな、嬉しいのであろう、活き活きしている。

「陸奥」などは、めったに遠洋に出たことがないものだから、乗組員たちはみな歓声を上げて喜び、さらに、前祝いまでやったそうである。

しかし、飽き飽きしはじめていたとはいえ、こうしていざ出撃ともなると、この瀬戸内海も懐かしく、なかなかに去り難いような、なんとも複雑な気持ちである。住めば都である。

どこも懐かしい。艦隊が少なくなるのだから、この柱島も淋しくなることだろう。

なお、前進部隊は出撃するというのに、連合艦隊旗艦「大和」は、一三〇〇（午後一時）、呉へ向けて出港して行った。

一七〇〇、前進部隊は、戦備万端整えて、四、五戦隊、「陸奥」「由良」、九駆逐隊など、旗艦「愛宕」を先頭に、在泊部隊と別れの帽を振り合いながら、堂々と白波を蹴って静かな内海を出撃。一路、南洋の前線基地トラック島めざして航海を開始する。

いつの出撃でも、今度こそは内地と最後の別れかと思いながらの出撃である。今度こそは、本当に最後のお別れになるかも知れない。よく見ておこう。夕闇迫る静かな海も、そっと見送ってくれるように冷たく光っている。

八月十二日、水曜日、晴。航海中——。

早朝、東の空が薄明るくなる頃、起こされる。当直の交代である。

昨夜半より、半速にて豊後水道を通過し、原速で沖の島や足摺岬を離れ、二十ノットに増速。対潜警戒を厳にし、四水戦の駆逐艦の直衛を受けながら進航する。駆逐艦の威嚇投射の爆雷は、大きく海を揺るがす。その威力に敵潜も影をひそめてしまったようだ。

昨日着任した七分隊の新しい信号員長も、なかなか張り切っているが、この人は、高橋一水たちが航海学校の練習生当時の教員であった。みな、懐かしさで一杯である。しかし、前任の艦にいた航海学校の同期生たちは、反対に、今頃はさぞ残念がっていることであろう。

さて、日本近海は冬期になると荒れる日が多いのだが、夏はやっぱり静かである。台風さえ来なければ、楽な航海だ。

木更津の飛行基地から発進したのであろう、直衛機が上空を警戒している。

やがて、待機していた「千歳」「海風」「涼風」などと合同した。こうして、陣形を整えた前進部隊は、実に堂々たる航進で、終日、之字運動（ジグザグ航行）を繰り返しながら南下を続ける。

八月十三日、木曜日、晴。スコールあり――。

今日も上天気であるが、時々スコールが来る。艦隊も、いよいよ、スコールの来る海面まで南下して来たのだ。夜間、スコールともなると、艦橋の旗甲板にごろ寝していた連中は、大あわてで毛布をかかえて逃げ出す騒ぎだ。

八月十四日、金曜日、曇後晴――。

午後二時より、緒戦期及び混戦期の戦闘訓練を実施する。五戦隊及び「有明」などが、本隊の左方三万五千メートル位に離れる。互いに戦闘訓練というわけであるが、あれぐらいの敵が現われないかと想像しながら、訓練を終わる。

午後三時半の東京からの放送で、大本営特別発表が報ぜられた。それによると、「敵大巡十三隻」と訂正されたらしい。ソロモン海戦の追加戦果である。また、「戦艦一隻撃沈は、イギリス甲巡アキリースの誤り」と、訂正発表された。艦橋の参謀たちの話題も、この戦果で持ち切りだ。

艦隊は涼しい南風に向かいながら航行を続けている。今宵も、高い夜空には綺麗に星が輝いている。

八月十五日、土曜日、晴。スコール——。

走っても走っても、果てしない大海原。その綺麗に澄んだ青い海を、十八ノットの快走で気持ちの良い航海を続けている。

昨日午後、大本営特別発表の詳細を知ることができた。それは、次のようなソロモン海戦の戦果である（十四日までに判明せるもの）。

一、撃沈＝アメリカ甲巡ウイチタ型一隻（旗艦）、同アストリア型五隻（内一隻旗艦）、イギリス甲巡オーストラリア型二隻、同型艦名不詳一隻、イギリス甲巡アキリース型一隻、アメリカ乙巡オマハ型一隻、乙巡艦型不詳二隻、駆逐艦九隻、潜水艦三隻、輸送船十隻。

一、大破＝艦型不詳一隻、駆逐艦三隻、輸送船一隻。

一、飛行機撃墜＝戦闘機四十九機、戦闘兼爆撃機九機。

わが方の損害、

飛行機自爆二十一機、巡洋艦二隻軽微な損傷（戦闘航海に支障なし）。

なお、先に発表した艦型不詳戦艦は、巡洋艦アキリース型と判明。

十二時より、重油船の日栄丸、神国丸及び「夕暮」が合同するので、それを仮想して敵艦隊とし、戦闘訓練があるはずだが、夕刻になってもその船影は見当たらない。海上を照らしていた三日月も、七時半には西の水平線に没して、星だけが光る夜空を眺めながら、さらに一路、トラック島めざし、航海を続ける。(史実によれば、第一次ソロモン海戦で第八艦隊は重巡「加古」を失い、百二十名の死傷者を出したものの、米側は重巡四隻を失い、同一隻を損傷し、一千九百七十九名もの死傷者を出した)

夜の甲板、裸の大群

八月十七日、月曜日、快晴。トラック島入港——。

昨夜七時頃、大スコールがあった。それは来襲というに等しく、急激で非常に強いもので、甲板に叩きつけるように降りつけ、洗い流す。この奇襲スコールに、「総員スコール浴び方《かた》用意」がかけられ、しばらく入浴もしていないので、みな喜び勇んで裸になり、闇の露天甲板に飛び出す。

「ワーッ！」

歓声を上げ、濡れたなあと思う間もなく、この大スコール、アッと驚くほど早く、ぱったりと止んでしまった。そして、そのまま、雨雲と一緒に遠く海上を去って行ってしまった。なんのことはない、闇の露天甲板には、裸の大群が取り残されて、様にならない寸劇といったところ。みな、がっかりして、恨めしそうに上空を見上げて、すごすごと退散した。

今朝は、上天気である。水平線の彼方に、上空に雲をたたえて、早くもトラック島の一部が現われて来た。二十ノットに増速し、各艦とも水上機を発進、警戒にあたる。

駆逐艦は爆雷を投下して、敵潜を威嚇しながら、ゆうゆうと北水道から入港した。久しぶりに見るトラック島は、パラオと違って、青々として美しく、高い山も見える。ここには、夏島をはじめ、四季の名のついた大きな島が四つある。また、このトラック諸島には、面白い名前が幾つもついている。

午前九時に入港予定であった補給船が、まだ入港していない。哨戒機からの報告によれば、「北水道口より百九十一度、六十カイリを航行中」とのことであったが、十時三十分、第四根拠地隊の直衛機よりの報告によれば、「二十七カイリの地点において、敵潜水艦の魚雷攻撃を受け、一番艦神国丸は十二ノット、二番艦日栄丸は八ノットに減速して航行中」とのことであった。あとひと息で入港というところでやられたのは、誠に残念である。

主力艦隊が入港する時は、駆逐艦九隻によって爆雷をひっきりなしに投射し、飛行機も十数機飛ばしての警戒だ。これでは敵潜も逃げるわけである。

しかし、それに引き換え、油槽船の入港は裸同然。護衛艦が少ないのをカバーするために、夕暮れの薄闇を利用し、敵潜の眼をくらましての入港を計ったわけであるが、やはり攻撃を受けたのだ。これでは、明後日の作戦に向かうというのに、二万トンの重油を失ったとあっては、当分、出撃できないのではないかと心配になってきた。

直ちに命令が発せられ、九隻の駆逐艦が休む間もなく一斉に出撃、敵潜水艦掃討に向かった。また、各艦からも増援の飛行機が発進し、攻撃に向かう。

艦内は、急に慌ただしくなり、乗員はみな心配の面持ちで海上を見詰めている。一時三十分の入港予定が、延びて、四時になろうというのに、まだ見えない。しかし、一六三〇、ようやく、その船影が視界に入り出して来た。ホッとひと安心である。それは、夕闇迫る泊地を、白波を分けて静かに入って来る。多少の被害はあった模様であるが、大したことはないらしい。

この時刻、涼しい風が肌を撫でて吹き抜け、三日月型の月も西に没したあとの星空を眺めて、その眼を海面に移せば、いまや、二隻の油槽船は、重油を流しながら、航跡の中に夜光虫を綺麗に光らせて入港して来た。南国の夜の風は、心地良く肌に染み込む。

神国丸は、ポンプ室に魚雷命中、補給ができない。四艦隊司令部と打ち合わせ、夏島錨地に回港して、そこで給油艦「石廊」に重油を移すことになった。日栄丸は補給可能で、五戦隊に横付けした。

駆逐隊は昨日、対潜掃討に向かっていた九隻だけが帰って来て、日栄丸に横付けした。なお、二十七駆（時雨、白露、有明、夕暮）は、四水戦司令官の指揮を解き、マキン方面に作戦中の二水戦司令官の指揮を受けるべしと命を受け、昨夜出撃した。こうして、残った艦隊はトラック入港、第三夜の寝につく。

八月十九日、水曜日、晴（夕方、小雨が降り出す）――。

早朝、損傷を受けた日栄丸が、前方に碇泊中の「千歳」に横付けして補給を開始した。船から流出する重油が海面を流れはじめ、風上に位置するためその臭気が鼻につき、舷側はまっ黒になる。その流れ出した重油は、みるみるうちに海面を覆ってゆき、誠にもったいないような気がする。少し涼しくなったとはいえ、補給作業で汗びっしょりだ。

補給はこうして終了。そのあと日栄丸は出港かと思われたが、作戦の都合でいつ出港できるかわからなくなった。日没より映画がある予定だったが、雨が降り出したため、明日に延期になった。

木更津航空隊の中攻機（九六式陸攻。双発）が不時着したので、救助に向かっていた「夏雲」が夕方、入港して、夏島錨地に投錨した。

今日は、夕食においしいマグロの刺身が出された。南洋は漁業資源が豊富で、毎日大漁だ。カロリンのパラオでも、おいしいマグロを漁民が寄贈してくれたものである。また、コロールの町の江戸前寿司で食べたマグロの寿司も、東京のものよりよほどおいしいと思ったものだ。今夕のマグロは、軍需部を通して受け入れたもので、夕食の卓上にのせられたのは誠に僅少で、一人当たり四切れ。それも大分小さいのでがっかりしたが、味のほうは抜群においしかった。もっと食べたかった。

「これでは、歯糞になるだけで、お腹まで入らないぞ」

みんな、爆笑だ。

八月二十日、木曜日、晴。急遽トラック出撃——。

今日もまた、熱い太陽が遠慮会釈なく照りつける、相変わらずの暑さだ。

トラック諸島は六十余りの島々から成っているというが、その中で一番大きいのがこの春島である。春島にはトラック支庁があって、町も小さくはないが、パラオほどではない。

このトラック諸島は、開戦直前から急に軍事拠点として特に目され、島々には砲台も据え付けられている。春島では埋め立て工事が急ピッチで進められ、二ヵ所に陸上飛行基地らしきものが造られつつある。バラック建ての兵舎がずらりと並び、内地からの作業員も大勢参加、本島人も全面的に協力して、建設に大童であった。

午前、潜水戦隊の旗艦平安丸と同型の一隻が、南水道から夏島錨地に入り、続いて、軽巡「夕張」も入港して来た。こうして、たくさんの艦隊が入港し、トラックも賑やかになった。

夏島には第四根拠地隊と第四艦隊の司令部があり、あまり大きくはないが、浮ドックも一ヵ所ある。その中には、小型商船(哨戒艇)二隻が入渠している。そのほか、夏島には電信所などの諸施設も完備されていて、ここは非常に重要な良港となっている。

昨日から延期されていた映画が、今日は見られると、みな楽しみに待っている。三時からは、露天甲板で涼しい風にあたりながら、ケンバスの急造風呂に入って良い気持ちになっている。これで映画を見せてくれるとあっては、戦争とはとても思えないと、心の中で思っていた。

すると、この時、艦内へ張り切った拡声器の声が、突然、響いてきた。

「一五一五！　水兵員整列！　後甲板！」

大声が響き渡る。

「はて、何だろう？　映写準備かな？」

みんな半信半疑で整列する。台上に上がった副長は、開口一番、

「先にわが軍が大勝を博したソロモンのツラギ島より東二百五十カイリ付近を、敵の航空母艦一隻と巡洋艦五、六隻の有力部隊が、こちらに向かっているとの情報が入って来た。前進部隊は、午後五時以降十二ノット十五分待機（令後、十五分以内に十二ノットの出力を出せる）で、今夜中に出港の予定である。ただ今から出港準備にかかる」

出撃命令であった。

なお、明日入港予定の第三艦隊（機動部隊）は、直ちに変針して同方面に向かった。一方、東インド洋方面で活躍して、今日入港する予定であった第七戦隊も、直ちに反転して、第三艦隊に合同した模様である。

これで、映画上映もふいになってしまった。

八月二十一日、金曜日、晴。スコール（二回）——。

昨夜七時に抜錨。軽巡「由良」を先頭に、四戦隊、五戦隊、「千歳」と続き、駆逐隊は九駆のみ。「陸奥」は、トラック島に残ることになった。こうして、前進部隊は北水道より舳先《さき》を揃えて出撃した。

ただ、九駆の「峯雲」は、不運にも、出港直後にリーフに座礁、行動を共にすることができなくなった。駆逐艦は、「朝雲」と「夏雲」のみである。

付近海面は、先日入港の際に補給船が敵潜の攻撃を受けて損傷したので、対潜警戒を厳重にし、見張員は二直配置に付き、夜明けまでこれを続行。休む間もなく、見張りを続けている。

○五○○、第三艦隊と出会う。最新鋭の空母「翔鶴」「瑞鶴」をはじめとして、「龍驤」、十一戦隊（比叡、霧島）、八戦隊、「長良」、その他駆逐隊より成る機動部隊で、実に頼もしく感じられる。

本隊の針路上に、同部隊の給油船来邦丸、東栄丸が、「初風」に護られて見えてきた。間もなく、機動部隊の補給が開始される。補給のため速力の落ちた空母部隊を後にして、次第に離れる。一○○五、遂に、機動部隊は見えなくなる。

前進部隊の行動予定を第三艦隊旗艦から信号で聞いてきたので、それに対する返事によると、敵情に変化がなければ、二十三日一六○○以後における前進部隊（本隊）の予定は、

㈠、二十五日午前零時に「ケユテ37」地点（軍機海図の略語位置）付近を機宜行動。陸軍の一木支隊第二梯団の上陸支援を行なう。

この場合、情況により、五戦隊を基幹とする兵力を以て第二梯団を直衛せしめられることあり。

㈡、二十五日一二○○、地点「ケヘサ00」付近に至り、爾後二十六日まで補給。

㈢、補給完了せば、川口支隊の上陸を支援する如く、再びソロモン郡島北東方面に進出、機宜行動とあり。

会敵すれば、ますます面白くなってくる。

夕刻、駆逐艦二隻の重油が、海水混入のためこれを捨て、「千歳」より補給することになり、十二ノットに減速して航行した。この間、専門見張員は四直にて、二時間ずつ任務についた。午後十時過ぎ補給終了、正規の通常当直に復す。

午後十一時三十分、前方の視界が悪くなって来たと思うと、突如として南方特有のスコールが見舞って来た。叩きつけるように物凄い降りである。真夜中のこととて、甲板上は右往左往の大騒ぎで賑やかそのもの。毛布を持って駆け出し、寝場所を新しく見つけようという面白い光景だ。

五回目の赤道通過

八月二十二日、土曜日、晴。赤道通過五回目——。

東の空が薄明るくなってくる。もう総員起こしである。皆、元気に起床。

〇三四五、配置に付けで、昼夜戦の転換を行なう。また、夕刻も同様に配置に付き、転換を行なう。今日の日没は、四時三十分。灯火戦闘管制が済むと、直ちに配置に付いて三十分の教練を行なう。これは、毎日行なわれていることだ。

艦内の噂によると、昨夜、ソロモン海戦で功を奏した第六戦隊の「加古」が、敵潜水艦に撃沈されたらしい。ソロモン海戦の時の日本海軍と同じように、その真似をして味方泊地に侵入し、攻撃した模様であるというが、嘘か本当か、実のところはわからない。

また「デマ」放送によると、来月二十日前後には母港に帰れるらしいということであったが、今回の作戦でまた先に延びることになる。「デマ」であれ何であれ、母港へ帰れるという噂は、なんとなく心を和ませてくれるものだ。

一九三〇、赤道を南へ通過する。これで五回目の通過だが、そう言われるから通過したのかと思うだけで、何の変化もない海面であり、空の下である。戦争中でなければ、赤道祭でさぞ賑やかなことであろう。

八月二十三日、日曜日、曇。スコール――。

軽巡「由良」も、駆逐艦と同じく日栄丸より補給を受けたので、重油の具合が悪く、夕刻より、あらためて「千歳」から補給を受ける。これでは、「千歳」は水上機母艦ではなくて、給油艦みたいだ。

この補給のまっ最中に、「朝雲」が敵潜を探知した。艦隊は一斉に回頭。「朝雲」は爆雷六個を投下し、これを攻撃したが、手応えはなかった模様である。

昨二十二日は、海軍の俸給日で、高橋は三十八円二十九銭を頂いた。みな嬉しそうだ。ほとんどの人は、酒保代などでたちまち三分の一は消えてしまう。

赤道を越したというのに、波はますます高くなる。赤道付近は無風状態であると聞いてい時るが、低気圧のせいであろう、波もうねりも高い。今日は朝から雲が一面に覆っていて、時時スコールもあり、なかには珍しくも、一時間ほどの長いスコールがあった。

針路百五十度で、どんどん南下する。次第に波が高くなり、うねりもますます大きくなってきた。艦の動揺も次第に激しくなる。

早朝五時十五分、各艦三座水偵一機ずつ（「千歳」は三機）を発進させて、厳しく索敵を行なう。

七時二分、第十五駆逐隊と合同。五戦隊は左二十キロ、「摩耶」は右二十キロ離れて索敵隊形を成し、速力二十ノットにて南へ南へと進航する。

午前九時、由良機、千歳機、高雄機の五機は帰還したが、他の飛行機が未だ帰らないので揚収を延ばして待つ。この時突然、大きなスコールが一面に空を覆うとみるや、叩きつけるように降り出した。この一時間あまりの大スコールのため、由良機一機が行方不明になった。

十一時、妙高機を遅ればせに揚収。荒波の中、由良機一機だけを残してその他は全部揚収を終える。この索敵で、妙高機はわが輸送船団に接触していた敵大艇を発見。摩耶機も不時着していた敵大艇を発見した。

今朝から戦闘服装に着替えて張り切っていたのに、残念！

それもそのはず、本隊後方から飛来して第三艦隊の哨戒機・零式戦闘機三機が、気持ちよくわれわれの上空を一周し、頼もしい爆音を残して飛び去った。これでは、敵が近づけるはずがない。

「今夜から明朝にかけて、ソロモン群島北東付近の海面に接近するから、実射戦闘に備えよ」

この下令で、みな張り切って待機している。

一九三〇、作戦が決定したのか、作戦室から幕僚が艦橋に上がって来た。すわ、砲撃準備か。一瞬、緊張したが、これは針路の変更で、艦隊は反転してしまった。またまた、ガックリである。

「本艦は絶対に沈まない」

八月二十四日、月曜日、晴。空襲を受く――。

昨夜反転。遠ざかるソロモン群島の上空を眺めながらがっかりしていたが、実は、これが作戦だったのだ。その時、機動部隊も同時に反転した。

今朝は、針路百五十度に再反転。三座水偵を発進させ、敵情を偵察したが、何ら得るところなく、敵の飛行機一機を発見しただけであった。なお、昨日の偵察で行方不明になっていた由良機は、今朝、「摩耶」が発見して無事に揚収した。

昨日は雲量があり、さらにスコールがちょいちょいあったので、それが逆に幸いして、敵の索敵機の眼をうまくくらますことができたのだ。これもまた、天佑というべきであろう。

今日は、午前十一時に敵大艇一機を発見したが、まもなく、水平線の彼方へ消え去って行った。

右九十度に、味方の機動部隊が同行している。

一一三〇、第二索敵機隊を発進せしめたが、妙高機から、「敵大部隊見ゆ」と報告して来た。

一四三二、各艦飛行機を揚収し終えた直後、敵艦載機（艦攻）七機が攻撃して来た。直ちに、これに対し砲撃を加え、約二十分の対空戦闘。敵機は、爆弾や魚雷を目茶苦茶に投下し、夕刻（四時半頃）まで付近に接触していたが、やがて、遠くへ逃げ去った。

この胴体に白黒のマークをつけた敵機は、わが方の弾幕の間を縫って攻撃をかけて来たが、一機も撃墜されずに飛び去ったのは、敵ながら天晴れであった。しかし、その中の二、三機は、いずれどこかで傷ついて落ちたことであろう。わが機動部隊の艦載機も、これを迎え撃ち、追撃して空中戦を果敢に展開したが、逃げ足の早い敵機は、遂に逃げ失せて遠ざかってしまった。わが方の損害は、艦船にはないようであるが、はっきりしたところはわからない。「翔鶴」の艦上戦闘機一機が燃料切れか、遂に不時着してしまった。しかし、「夏雲」がこの搭乗員を救助した。

一七三〇、味方機動部隊の十一戦隊（比叡、霧島）、七戦隊（熊野、鈴谷）及び「長良」と駆逐艦二隻が合同し、敵の残党を殲滅すべく、夜戦を決行することに決定。直ちに、各隊の占位を定め、四戦速（二十八ノット）にて百五十度に向かって突進。本隊も、先頭部隊と連絡をとりながら突撃中である。高速のため、艦の動揺は激しく、強風が吹きつけてくる。

八月二十五日、火曜日、晴。夜戦決行、再三の不運――。

「筑摩」も合同し、七戦隊三番艦に入る。刻々と、敵に近づく。

現在は、ただ夢中であり、実戦に加わるという気持ちというのはどんなものなのか、自分でも自分の今の気持ちがさっぱり摑めない。戦いに今から臨むこの気持ちは、誰でも口で言い表わすことのできない微妙で不思議なものである。気が張っているせいか、戦闘配置で休んでいても、ますますその緊張が高まり、心臓に圧迫感を感ずるとともに、眼がいやに冴えてくる。見ると、空は良く晴れて、まん丸い月が輝いている。

今、この気持ちで見上げる月は、なんとも冷徹で、こちらを突き放しているように感じられる。そして、日・米両軍がいままさに戦わんとする海上決戦のこの緊迫した模様を、あの遠く高い空の上から眺めて、どちらかの勝ち負けを笑っているように思えてくる。この月と星空の下、視界はかなり良好である。

航空艦隊の戦果が、続々と入って来る。

「敵エセックス型新鋭空母二隻に直撃弾を命中せしめ、二隻ともに火災発生、現在炎上中」

「敵大部隊見ゆ。方位百六十度、百八十カイリ、南東に向かいつつあり」

「空母二隻は火災のため速力八ノット。戦艦カリフォルニア型一隻、大巡数隻、軽巡、駆逐艦多数をともなった大部隊、今夜十時頃には会敵の予想」

艦内は全員白鉢巻を締めて、張り切っている。味方水偵の報告も、次々と入ってくる。しかし、距離は未だ遠い。

時計は六時を指している。突進を続けている艦隊に、突然、発信者不明の無電が入って来た。

「二二〇〇までに敵を見ざれば、夜戦を打ち切り、敵の爆撃圏外へ退避せよ」

こういう命令である。連合艦隊司令長官からだと思われる。

しかし、この際、誰もが夜戦を望んでいるので、会敵を期待してみな、眼をいからせて海上を見詰めている。夜戦になれば勝つこと絶対間違いなし。全員その自信に溢れている。

九時に至っても、未だに敵を発見できず、艦内は二直配置になり、高橋一水は、九時から一時間半休む予定で、ちょっと横になった。しかし、敵前だというのに、緊張感で眠れなかった体調もあってか、こんどは不思議に良く眠れて、ぐっすり寝入ってしまった。

起こされてみると、十二時で、これは変だなあと思い、

「敵はどうしたのか」

と問えば、起こしに来ていた兵は笑って、

「もう反転して、退避中です」

この返事に、急にがっくりし、当直も気抜けしたようになる。

敵は、空母二隻に損害を受け、遂に逃げ出してしまったのであろう。これで、夜戦をやりそこなったのは三回目である。第一回は、マレー沖でプリンス・オブ・ウェールズとレパルスを追撃した時である。あの時は、翌日、わが飛行機で撃沈したからよいようなものであるが、第二回は、ミッドウェーであり、三回目が今回だ。いつも際どいところで、武運つたな

く会敵に恵まれない。

「本艦は絶対に沈まないと確信できる」

誰かが言った。

これで一同、大笑いした。

〇四〇〇と〇六〇〇に、各艦一機宛、索敵機を発進させ、その報告を待ったが、何の変化もない。「敵の大艇二機を発見」との報告だけで、索敵は終わる。十一時頃から飛行機の揚収を開始したが、本艦の一号機は帰艦せず、どうしたのか、さっぱり連絡が入らない。みな、心配顔で上空を見上げている。

今日も、早くから敵大艇一機ないし二機が接触を続けている模様だ。砲撃で威嚇すると直ちに水平線の陰に消え、逃げ去ってしまった。

機動部隊前衛（七、八、十、十一戦隊）は、本隊の前方を先行し、見えなくなった。

今日は、一日中、二直配備で、ほとんど休みなし。いささか参ってしまった。しかし、夕刻より正規の六直となり、戦闘服も防暑服に着替え、明早朝、また補給を行なう予定で準備にかかる。今夜は、まず「陸奥」および二駆が合同する予定で、間もなくそれらが見え、その後から、重油船日本丸が合同。明日は、全艦が補給を終わらせる予定である。

ガ島攻防戦へ

八月二十六日、水曜日、晴。曳航補給、ガ島へ――。

昨夜半、「陸奥」、二駆逐隊と合同、右九十度、十キロの五戦隊の後方に続行した。

間もなく、日本丸も九駆、「峯雲」とともに見えて来る。「峯雲」は、トラック出撃の時、小さな岩礁に座礁して損傷を被ったが、応急手当てをして出撃して来たらしい。日本丸は補給が終わればまたボルネオに向かい、重油を搭載して来るのだ。また、「峯雲」と「千歳」は損傷を受けているためトラック島へ回港させ、今後の作戦行動には参加できなくなった。夜半、合同と同時に、「由良」および「親潮」など、順次、補給を開始した。

一方、本艦の一号機および羽黒機は、昨日遂に帰艦せず、行方不明になってしまった。これでは捜索を断念せざるを得ない。「千歳」の三座水偵をその代わりに揚収した。

六時三十分より本艦も曳航補給を開始、十時に終了、横付けを離す。午後はしばらくぶりに休業で、入浴があると思いきや、洗面器一杯半の水で身体を拭っただけで終わる。しかし、垢が身体中からボロボロと出て、午後はそれでもなんとなく気持ちがせいせいした。

情報によると、今度の作戦の目的は、ソロモン海戦の後、敵のソロモン諸島奪還に対するわが方の再攻撃を支援することである。

すなわち、敵は海兵隊の大部隊を投じて、ソロモン諸島の南端に位置するツラギ島およびガダルカナル島の奪還に来襲、続々、上陸を開始した。これに対し、ツラギ島の守備隊は、兵曹長を指揮官とする百余名の陸戦隊員であり、果敢に奮戦したが、衆寡敵せず、遂に全滅になったらしい。また、その対岸のガダルカナル島はツラギより大きな島で、敵の大部隊が上陸し、わが軍が建設していた飛行場も奪取され、占領されてしまい、わが軍は多勢に無勢で避退し、現在は河をはさんで対峙中であるという。

このような情勢下にあって、わが軍は後方よりさらに陸軍を上陸させて、これらを再占領しようという。一木支隊の上陸作戦など、これら一連の支援活動をするというのが、今回の作戦の目的である。だが、敵もさるもの、こちらの思うように作戦が進まない。これが現在の戦況のようだ。

補給が終了すれば、敵に向かうらしい。今度の作戦は長期にわたるらしいので、その覚悟が必要だ。

艦橋で、水雷参謀が話している。

「今度の補給は健洋丸だね」

航海参謀がうなずきながら聞いている。

その補給も夕刻までに終了。五戦隊だけが残り、明日また補給を行なう予定である。

今宵の月もいよいよ大きく丸く、冴え冴えと輝きわたる。その月に舳先をまっすぐ向けて、針路百度にてゆっくりと航行しつつ補給を行なっている。

八月二十七日、木曜日、晴。敵大艇、悠々触接す——。

「千歳」および「峯雲」は、船体に損傷を受けていたので、昨日夕刻、本隊より分離し、トラック島に向かわせた。

昨夜、冴え渡る月光のもと、視界も良いので、九時より日本丸の両舷へ五戦隊の二艦が横付けして曳航補給を行ない、夜半までにすべての補給終了。その後、日本丸はボルネオのタラカンまたはバリックパパンに向かう。

早朝〇四〇〇、針路百度から百六十五度に変針。いよいよ敵に向かう。四時二十分に、各艦三座水偵を発進して索敵を行ない、九時、全機揚収。今日の索敵は、遂に敵を発見できず、特に得るところはなかった。そのしばらくあとに、わが索敵機の揚収を待っていたかのように、敵の大艇が触接して来た。その数、三機である。直ちに、見張員は二直配置となり、夕刻まで警戒を続行する。

その間に、別の敵双発大艇が一機現われ、それに向かって「陸奥」の四十センチ主砲が火を吹いたが、あまりにも遠距離のため、無為に終わった。敵機も「陸奥」の主砲発射には、さぞ驚いたことであろう。あわてて爆弾を二発、海上に投下して逃げ去った。他の敵機は、味方の砲弾の届かない上空を悠々と飛び、本隊の周囲を三回旋回して、午後二時半頃、視界から消え去った。

この時、わが軍に航空兵力がないので、目前の敵機を追い払うことのできなかったことは残念でならなかった。せめて、小型空母の一隻でもおれば、あんなこともなかった。かえすがえすも残念である。

「陸奥」も今回のことは初めてのことであろう。敵を自分の眼で実際に見たのも、敵に向かって砲撃したのも、さらに、主力戦艦でこんなに遠いところに来たことも、何もかも初めてのことである。

いままで、わが軍の主力戦艦は長い航海をしたことは比較的少なく、内地近海で艦隊訓練をしていたのだ。この頃は、北米や北方方面に行って買い集めておいた重油だけを使っていたこともあって、やたらに使うわけにはいかず、大事にしていたのであろう。

あまりに敵機の現われる回数が多いので、作戦を変えたのであろうか、午前十一時に、針路百六十度より四十度に変針、北東に向かって十六ノットで航行中である。しかし、これは作戦を変更するために変針したのではなく、友軍がソロモン諸島を完全に占領するまでは、この付近の海面において行動しているというのが目的なのだ。

日没が近づいて辺りが薄暗くなった頃、以前に来た大艇であろうか、また敵機が触接しはじめた。今夜は月明かりを利用して空襲の公算大なるため、見張員は再び二直配置に切り換え、厳重警戒に入る。

八月二十八日、金曜日、晴。ガ島奇襲上陸なるか。赤道通過――。

アメリカの夜間大艇の攻撃はなかなか優秀で、世界に誇るものであると聞いていたが、二三三〇（午後十一時三十分）、「妙高」より、「飛行機見ゆ」との報告に接し、直ちに、配置に付けが下令された。しかし、一時間余り配置に付いていたが、実際に敵機が見えたのか見えなかったのか、その後は何の音沙汰もなく、そのまま一夜を明かした。

今日もまた良い天気で、ソロモン海は多少波はあるが、その波を気持ち良く乗り越えながら、滑るように航進を続けている。索敵機は、いつものように発進したが、敵情に特に変化はない模様である。

　このように毎日発進される水偵も、波が高いので、着水時や揚収時に機体を傷つけやすい。「羽黒」と「摩耶」の三座水偵は、ともに使用不能になってしまった。そのほかにも、本艦と「羽黒」の搭載機各一機が、遂に行方不明のままであり、残念でならない。

　日が悪いせいか、どうしても月はじめ七、八日にならないとうまく戦果が上がらないようである。なぜなら、今までの勝ち戦が不思議にその頃に集中しているのだ。まず、開戦劈頭のハワイ奇襲の成功が十二月八日であり、ジャワ沖海戦が四月八日、インド洋作戦（コロンボ）も同四月八日、サンゴ海海戦五月八日、ミッドウェーおよびアリューシャン六日、ソロモン海戦八日、いずれもが月初め、特に八日前後の海戦である。今度も、来月に入らないとどうにもならないらしい。

　〇九〇〇頃、右九十度、味方機動部隊が見えて来た。そのためか、今日は敵の大艇も飛んで来ない。

　昨夜、日没後から針路二百七十度に変針して、西へ西へと航行中である。航海参謀の話によると、今夜、わが駆逐艦が、陸戦隊を乗せた船団を誘導して、ガダルカナル島へ奇襲上陸を敢行し、一木支隊および川口支隊の一部も上陸するのであるが、かつての日露戦争の旅順港閉塞隊以上に決死的なものであるということだ。一同、心からその成功を祈っている。

　午後八時までに、零度、四十五度、百三十五度と変針し、明朝には百八十度として南下、索敵を行なう予定である。

ソロモン海戦「第二次」の戦果が発表された。

〈大本営発表、二十七日午後四時〉

「ソロモン群島方面の帝国海軍部隊は、八月二十四日、敵米増援艦隊を同群島方面洋上に捕捉、直ちに航空部隊をもってこれを急襲、大損害を与え、同方面より撃退せり。

本日までに判明せる戦果、次の如し。

米空母大型一隻大破、同中型一隻中破。戦艦ペンシルバニア型一隻中破。

本海戦におけるわが方の損害＝小型空母一隻大破、駆逐艦一隻沈没。

本海戦を第二次ソロモン海戦と呼称す」

この海戦では、大戦果は上げられず、わが方の損害も大きかった。大破した小型空母は「龍驤」らしい。また、沈没した駆逐艦は「萩風」とかである。聞くところによると、敵の空母はその後沈没したらしい。

南十字星も水平線上に見え、月も間もなく浮かんで来る。

一七五〇、赤道を南より北へ通過した。（史実によると、米側は空母一隻大破、飛行機十五機を失い、日本側は小型空母一隻、飛行機九十機を失った）。

八月二十九日、土曜日、晴。ガ島奇襲上陸失敗か――。

水平線上の南十字星（サザンクロス）を後に見ながら赤道を通過したが、夜半にはまた反転して、赤道を南へ通過した。北へ向かっているかと思うと、すぐ東。東から南、そして、南から西へと、同じ海面をぐるぐる廻りながら索敵を続けて行動しているが、未だ戦機熟さず。

今朝も、例の如く索敵機を発進したが、なんら得るところなし。昨夜奇襲上陸の敢行を援助した駆逐艦四隻の武運を祈り、その成功の報告を心待ちしている。しかし、なかなかその報告が入らず、噂によると、四隻のうち三隻は撃沈されたらしいとのことだ。

ガダルカナル島には、敵の堅固な要塞があり、上陸は失敗した模様である。誠に残念でならないが、確実なところはわからない。一縷の望みを持つことにし、祈るばかりである。

枢軸国（ドイツ、イタリア）の潜水艦が、大西洋上においてブラジル商船四隻を撃沈した事件が起こり、ブラジルは遂に独、伊に対し宣戦布告したが、日本に対しては中立であると発表した。なんにしても、この三、四日は、何の変化もない。ただゆっくりと無事に航海を続けている。今夜中に、重油船健洋丸と合同、明日からまた補給して、各艦満載とする予定。

死闘の始まり

八月三十日、日曜日、晴。ガ島上陸成功――。

夜半、皓々《こうこう》たる月光のもと、気持ちの良い航海を続けながら、〇一〇〇、重油船健洋丸と合同して、第二次補給を開始する。

トラックを出港以来、丸十日間、いまだ敵らしい敵を見ないで、南太平洋の赤道直下を無事に航海している。一日でも早く、いや一秒でも早く会敵して目覚ましい海戦を行ない、これを一挙に撃滅し、この南太平洋から敵を駆逐しなくてはならないのだが、十日に及ぶもその良い機会に恵まれない。

昨日、ガ島への奇襲上陸に失敗したとか噂が流れていたが、実は必死の活躍が成功し、遂に、「今朝、〇〇三〇（午前零時三十分）、駆逐艦の強力なる援助のもと、ガダルカナル島上陸に成功した」と、艦内に発表された。少数の上陸であるが、この上陸こそ今回の作戦の最大の目的である。

しかし、これで終わったわけではない。敵は、このガダルカナル島に八千名に及ぶ精鋭を上陸させているから、並み大抵のことでこれを破ることはできない。なかなか手強い。しかも、付近の海域には、有力な敵艦隊が今なお居座っているようだ。戦いはまだまだこれからである。そのためには、また重油の補給だ。

〇九〇〇、左に機動部隊も見えて来た。曳航補給を行なっている。誠に頼もしい光景だ。見ていると、航空母艦も補給を続けながら、それは悠々と反航、間もなくその英姿は見えなくなった。

八月三十一日、月曜日、晴。「陸奥」、三駆逐隊、トラックへ向かう――。

昨夜は、悪友のすすめで、高橋一水たちは久しぶりに酒宴を開いた。酒宴といっても、倉庫や兵器等の部屋の片隅でこっそり飲むのであるが。ヤカンで沸かした熱燗、その一杯の酒は全くの妙趣で腹にしみる。とはいえ、元来あまり酒を好まない高橋は、航海中ということもあって、早々に退散した。

十時三十分より当直に立っていると、第三十四号哨戒艇から、「爆撃を受けつつも、これを排除し、上陸に成功せり」と報告してきた。

昨夜もまた、ガダルカナル島上陸を敢行したのであろう。一度に大部隊を上陸させることができないため、毎日のように少しずつ上陸させているのだ。昨夜は一千人とかいう。そして、今夜もまた上陸するとのことだ。それも、今夜の上陸は大部隊で、四千七百人もの員数で上陸を決行する予定であるという。さらに、明日も明後日も行なわれるということで、作戦も益々有利に展開、ソロモン諸島の平定も間近いと思われる。

今朝八時に、「陸奥」と二駆逐隊は前進部隊と分離し、トラックに回航した。

本隊は「ガ島」作戦に速応するため、ここ同じ海面を航行しながら警戒している。補給を終わった健洋丸も、この本隊と行動を共にして、次期補給まで続航するらしい。敵は、なおもハワイより続々と援軍を派遣しつつあるらしい。その艦隊が来るまでこの付近に待機し、これに呼応する作戦のようだ。

九月一日、火曜日、晴。敵新型空母に魚雷命中――。

今日は、またまた、抜けるような青空という良い天気だ。その素晴らしく綺麗な青空と、これまた美しい紺青の海原とを無意識に眺めながら、果てしなく広がり続いている静かな海面を、東西南北、交互に艦首を向けつつ、航海を続行している。

昨朝、わが伊二六潜水艦が、敵のサラトガ型空母に魚雷六本を放ったが、そのうち一本だけが命中したらしい。二分四十秒後に、大音響が聞こえて来た。間もなく、物凄い爆雷攻撃を受けたが、「二次電池が軽微な損傷を受けたのみ」と報告して来た。確かに、それは新型空母であろう。大戦果である。

本隊は、昨日より巡洋艦六隻と駆逐艦五隻および健洋丸だけになり、なんとなく淋しくなってきた。

午後、反航する伊一七一潜水艦と会った。この南下して敵地に向かう伊号潜水艦に、

「御成功を祈る」

本艦から信号を送る。

「有難う。しっかりやります」

返事の信号が、元気に返ってくる。

味方の潜水艦や航空母艦を見るたびに、言葉ではなかなか表現しえない頼もしさを感ずる。

昨日も、補給の際に「夏雲」と共に行動したのであるが、愉快な本艦の伊集院艦長は、同航するこの「夏雲」艦長から、

「その後、御機嫌いかが」

挨拶の信号が来た。伊集院艦長、早速やってのけた。

「お陰様でピンピン!」

この信号には、兵隊たちもお互いに顔見合わせて吹き出してしまった。われらが華族艦長

は、誠に屈託のない愉快なユーモア艦長である。

華族艦長

ここで、この愉快な艦長を紹介することにしよう。

伊集院艦長の父は、有名な元帥伊集院五郎で、この人は明治時代の日清・日露戦争などにおいて、数々の武勲を立てたといわれるが、あまり一般の人には知られていなかったようである。元帥を父に持つ伊集院艦長は、長男でその後継ぎとして父の男爵を襲爵し、男爵・海軍大佐伊集院松治（戦死後、中将）という肩書きを有する軍人である。このことは、海軍部内でもつとに有名なことであった。

しかし、艦長はあまりにも無頓着な気質で、勉学はそんなに好まず、現代でいう「ガリベン」とはまったく反対の人だったらしい。

じかに触れる艦長の性格は、人間味あふれるものであり、そのやさしさは乗組員たちに父親の如く親しまれていた。特に、艦長伝令として終始艦長のそばに付いて仕えた高橋武士一水（十四徴＝昭和十四年の徴兵）は、部下を信頼するそのやさしさに心を打たれたという。その信頼の絆で、艦長と見張員と一心同体となって艦の運命を救ったことが幾度となくあった。それについては、後ほど述べることにする。

伊集院艦長は、生まれつき豪放磊落《らいらく》な性格で、兵学校入学にはひと苦労したようである。しかし、親の光りは七光りといって、その点は親の威光で大正のはじめに入学した。世間で思っている以上に凄いものだ。艦長の弟は、これはまた兄とは違って優秀で、現在はもう兄と肩を並べるところまで来ているほどの軍人であると聞いている。

いずれにしても、この艦長は、艦橋にいる下士官や兵たちに対しても、分け隔てなく、しかも、誰にでもやさしい武人であった。五尺八寸（百七十五センチ）はゆうにある長身で、いつもニコニコしている。それでいて、部下の士官に対してはなかなか厳しい上官であった。しかし、何回も繰り返すが、兵隊にはとても優しくて、よく可愛がってくれる。

たまたま来艦して来た士官が同期生であったりすると、わざわざ舷門まで迎えに出かけて、顔を合わせると必ず懐かしそうに握手を交わし、スクラムを組んだり、肩に手を乗せてニコニコ笑いながら話し合う。見ていても、本当に気持ちの良い光景であった。

士官に対してばかりでなく、艦橋にいて、何か面白いことを聞く場合、兵たちにさえ両手を相手の肩に当てて聞き入り、種々冗談を言う。このように、艦長がいると航海中などは艦橋がとても明朗である。その分、兵たちは大いに張り切る。

今年になってからは、ほとんど、暑い南太平洋海域の作戦行動を続けていたのに、艦長は碇泊中を除くと、艦橋から下りることは滅多にない。あくまでも、責任は絶対に自覚し、みなが「よくあれで身体がもつものだ……」と、話し合うほどである。

時には、夜中でも休憩室に行かず、艦橋のグレーチング（木製のスノコ）の上に寝ることもある。そんな時、見張員の兵たちが眼鏡に付いていても、つい、足もとの艦長に気をとられる。うかうかすると、艦長を踏んづけかねない。当直将校に注意されることが、しばしばであった。艦長の真骨頂というべきであろう。

少し前のことである。白石という至ってそっかしい水兵が、見張りに夢中になっていて、とうとう、艦長の頭を踏んづけてしまった。白石は、申し訳ないやらびっくりするやら、飛び上がってしまった。

翌日、艦長はニコニコ笑いながら艦橋に上がって来て、

「昨夜は、とうとう兵隊さんの水虫臭い足で、顔を踏まれて参ったよ」

大きな声でカラッと言ってのけ、大笑いしている。白石は陰に引っ込んで、小さくなって頭をかいていた。

そういう艦長であるが、それでも、長官が艦橋にいる時や、作戦中という場合は、人が変わったように真剣になり、身体つきまで引き締まって、あまり口もきかない。だが、作業が終わったり、長官がいなくなると、また愉快になる。誠に人間味溢れる艦長であった。

いつであったか、訓練を終えて柱島泊地入港直前、行動を共にした四駆逐隊司令と艦長が出会った時など、

「御機嫌いかが、懐かしいなあー」

わざわざ挨拶の一番最後を長くのばさせて信号を送らせるところなど、誠に愉快で、ひょうきんである。信号を送りながら、思わず、吹き出してしまう。しかし、そのことで本当の気持ちが通じ合うような気がする。決して、冗談とか、単にひょうきんなだけではないのだ。

また、艦長は煙草が好きで、暇さえあれば「さくら」を口にくわえている。しかも、手も

そえずに吸いっ放しするというほどで、相当の愛煙家である。見ていると、口にくわえているほうの煙草が唾で濡れてしまっているし、あのように器用に吸っているが、煙が眼に染みないかなどと、はらはらさせられる。

取り次ぎの兵が電報を届けに来ると、やたらとどこにでも腰をおろして読む。近くに座って読むことができる椅子があっても、そこへ行かず、そのまま居座って、外聞を構うことなく、丁寧に読んでいる。そういう体裁ぶらぬ艦長の様子を見ていると、つい、微笑んでしまう。

しかし、怒るとなかなか恐ろしい。

いつもニコニコしているだけに、怒った時の艦長は、それこそ仁王様のようだ。士官たちは、みな小さくなってしまう。といっても、普通の人と違い、やたらと怒るわけではない。よほどのことがない限り、いつもニコニコである。

そして怒った仁王艦長も、相手がわかれば、すぐまたニコニコになり、いつもと変わらぬ艦長に戻る。

誠に面白い艦長で、乗員全員の尊敬の的であった。爵位まで持つ身分であることなど、素振りにも出さない平民的艦長であり、そういう人柄が日常生活ににじみ出るといった艦長だった。

艦長は、自分の成績を知っているのであろう。

「俺は、満期をとったら、将旗をかついでセレベス島辺りへ行って、旗上げでもしようか」

彼一流の冗談を飛ばしていた。

常に、威容はあるも高ぶらず、謙遜を以てするとともに、平民的であり、たとえ兵といえども、その人格を尊重し、温容を以って接していた。

こうして、部下から信頼される伊集院艦長は、その後、艦が危機に面した時、この部下との信頼関係によって、一瞬の迷いもなく、難関を切り抜け、幾度となく艦を救うのである。

さて、午前の課業始めの時、副長より戦果の発表と、今後の行動予定について話があった。それによると、今回の作戦で、一応ガダルカナル島上陸が成功。ここで一時、作戦を打ち切り、トラックに向かうことになった。なお、その後の行動は発表されなかったが、耳に入る噂によると、二十日頃、整備のために二ヵ月くらい母港へ帰るらしいということで、みな喜んでいた。

たとえ噂であっても、母港に帰れるという話は、なににも増して嬉しいのだ。気の早い奴は、

「入港すれば、たぶん、休暇もあるに違いない」

そんな勝手なデマを飛ばして、ひとりで喜んでいる。

今宵も空一面見渡す限り星が輝き、その星がいまにも降って来そうな、それほどに美しい夜空である。八時を過ぎる頃になると、今度は、水平線に三分くらい欠けた凄く大きな月が、白い光を放つ丸い坊主頭のような容子で、むくむくと上昇してくる。それは遠く海面に反射

してキラキラと輝き、まったく美しいとしか言いようのない素晴らしい光景である。故郷の父や母も、また、弟や妹たちも、この同じ月をきっと見ていることであろうと、高橋は、思わず哀愁の念に駆られて胸打たれる思いである。

海と兵隊

九月二日、水曜日、晴。「九駆」分離、付近海面を索敵す――。

開戦以来、この果てしない洋々たる青い海原を眺めつつ、どのくらい走ったろうか。もう、三万五千カイリは走ったことだろう。横浜からサンフランシスコまでが五千カイリちょっとであるから、太平洋横断を何回やった計算になるのか。恐らく、もう地球を一周半以上も走ったことになるのであろう。

それもそのはず、今年ももう九月になってしまった。本当に、夢の間のように過ぎたものである。とても、そんな月日が経ったとは思えない。過ぎてみれば、何万カイリもの夢を思い出そうとするに似ている。

変化のない海、それを相手に戦う兵。それは、海と兵隊の記録でもある。今日もまた、上天気の青空である。長い航海に戦闘も中断して、変化のない航海を続ける。ときどき、鯖か鰹式イルカの大群、たまに見える鯨の潮吹く姿、そして、飛び交う海鳥が急降下し、また舞い上がる情景。こうしたのどかな海面を、這うようにして前路哨戒の水偵が飛んでいる。

今日は、いよいよトラックへ向かうであろうと思われたが、一日延びて五日に入港の予定である。

九駆（朝雲、夏雲）は、健洋丸より補給を受けて、そのまま付近海面に残り、三日から七日まで偽電を発する役目を果たすことになった。これは、わが艦隊がこの付近で索敵している如く思わせるためだ。九駆もちょっと辛いことと思うが、これも作戦であるから仕方がない。こうして、午前十時、九駆逐隊二隻は分離した。


九月三日、木曜日、晴。作戦打ち切り、トラックへ――。

索敵機は発進され、いつものように索敵を続ける。

索敵機とはいえ、いつ会敵して空中戦になるかも知れない。命がけということに変わりはない。いつもその出発の時、ごく自然に上甲板に立って見送っている。カタパルトから「ダーン」と大きな発射音を響かせて発進する勇ましい姿を見送るのだが、その度にいつも力強さを感じる。

機上の人となり、手を振る搭乗員の姿は、これもなかなか印象的である。だが、この人たちも、前夜はこっそり水盃を交わしての出発だという。いつも、命がけの出発なのだ。索敵機は、艦の上空を一周してから、定められた方向へまっしぐらに飛び去って行く。そして、任務を果たして敵にも発見されずに艦の上空に戻って来た時の喜びようは大変なもので、この感激は味わった者でなければ決してわからぬ喜びである。

今日も一日、変わったこともなく、静かな海面を滑るようにして走っている。午後から、トラック方面に針路を向け、夜に入って、月を背にして、一路、航海を続けている。

九月四日、金曜日、スコール。敵駆逐艦二隻撃沈――。

ミッドウェー作戦以来の長い航海である。ソロモン群島周辺に展開した作戦も一段落し、ガダルカナル島攻略の敵前上陸部隊援助計画も予定どおり終了したので、ひとまず作戦を打ち切り、トラック島に向け、帰路についた。この間、赤道を往復すること七回に及び、ミッドウェー作戦の時と同じく、足かけ十七日間の長い航海であった。いよいよ、明五日、トラックに入港する予定である。

毎日、快晴に恵まれて、敵の飛行機や潜水艦に悩まされながらも、どうやら作戦を成功させることができた。しかし、今夜から明朝にかけてトラック島付近に達する海面が、実は最も危険な海域なのだ。

「特に警戒を厳にし、午前零時総員起こし。直ちに全員配置に付き、戦闘見張員も、四直配備から二直配備へ……」

副長からの達しがあった。前回入港した時、その直前に油槽船二隻が敵潜にやられたという苦い経験があるので、今回からは特に用心深くなった。

〇二〇〇（午前二時）、「第二駆逐隊の『夕立』が、ガダルカナルの敵基地に侵入し、敵駆逐艦二隻を魚雷攻撃により撃沈した」との朗報が入り、直ちに、マイクで艦内に放送された。

九月五日、土曜日、晴。トラック入港――。

早朝より戦闘見張員は二直配置。この付近はすでにトラック島の目前であり、敵潜水艦の出没海面だ。速力を二十ノットに増速し、十分間隔で駆逐艦が投下する爆雷の響きと共に、之字運動を行ないながら、一路、トラック島に向かって進航する。

この本隊より約四時間遅れて、機動部隊も入港する予定であり、本隊の上空にはすでに機動部隊の艦載機が三十数機、銀翼をつらねて快飛行を続けている。第二駆逐隊（村雨、春雨）が、敵潜水艦掃討のために湾外まで迎えに出て来た。心強い限りである。

間もなく、トラック島が遠く前方に見え出してくる。半月ぶりで見る陸地の姿である。胸がふくらむ。そして、上空に雲をたたえて、そのトラック島がかすんで見えてきた。

機動部隊の飛行機も、竹島基地に次々と着陸してゆく。

〇九〇〇、南水道に入った。

綺麗なリーフの海面、椰子の木繁る島、これはもちろんのこと、岩礁や浅瀬などまで、なんとも懐かしく感じられる。振り返って見れば、洋々たる青い海原、果てしない大洋、そして、その中に点々と広がって見える数多くの島々。その環礁に包まれたトラック島の水道へ、本隊は無事に入って行く。

島々の間を縫うようにして、十六ノットの快速で錨地に向かう。しかし、健洋丸は速力が出ないため、ずーっと遅れて、その姿も見えなくなった。

冬島と秋島の間を通過、一番賑やかに栄えている夏島の沖を通る。その夏島錨地には、商船も数十隻入っているし、「鹿島」（第四艦隊旗艦）や駆逐艦、哨戒艇などが、所せましと碇泊している。

すぐ前にある竹島には、零戦の立派な飛行場ができている。その上空を、機動部隊の艦載機が勢い良く飛び廻っている。中攻も大艇もその中に見える。しかし、竹島には町らしいものはよく見えない。ただ、家はだいぶあるようだ。

見ていると、ちょっと大きな島には、工夫たちが大勢働いている。島を開拓して、軍事施設を建設するためであろう。なかには、電気機関車のついたトロッコや、ケーブルカー用に使う建物のようなものも見える。トラック島も、間もなく、立派な要港に生まれ変わりそうだ。

本隊が入る春島錨地には、連合艦隊旗艦「大和」をはじめとして、「陸奥」「比叡」「霧島」が碇泊している。また、先の空襲で損傷を受けた「千歳」、そして、船団護送中に爆撃を受けて前甲板を滅茶苦茶にやられた「神通」は、工作艦「明石」に横付けして修理をしている。

一〇一五、投錨。長い航海も、ひとまず終了した。

午後は休業、入浴であった。積もりに積もった身体の「アカ」を、力いっぱいごしごしと落として、やっと自分の身体になったように思う。日没後から懇親会を催した。半月に及ぶ航海の緊張のあとの愉快な酒宴である。飲めるだけ飲んだ。冷たいビールで、最近の記録的酔い方であった。

九月六日、日曜日、晴。スコール。映画の夕べ――。

今日は、朝から空模様がちょっとおかしい。乱雲が大空に漂っている。酒宴をやった翌日は、たいてい少々は頭が痛かったりするのであるが、今朝はそんなことも感じず、爽快に飛び起きた。艦内もだいぶ汚なくなっているので、今日は大掃除だ。

軍艦旗掲揚は、当地では七時である。これは内地よりも一時間早い。その時刻になって、待ち切れなくなった乱雲が、涼しい風を伴い、甲板に叩きつけるようにスコールを降らせてきた。このようなスコールが、今日は三回もあった。

午後は、日曜日なので休業である。そして、日没後より、待ちに待った映画が上映される。今夜は、日本ニュースから始まって、片岡千恵蔵と広沢虎造の浪曲劇「清水港」で、実に面白い映画であった。

九月七日、月曜日、晴――。

本隊がトラックに入港したあと、間もなく、内地の防備隊に仮入隊中であった乗艦者の新三等兵百三十名が、工作艦に便乗、入港して来た。みな、今年の五月に入団した志願兵（十七志）で、見ると身体も小さく、やせた兵隊ばかりで、なんだか弱々しい。暑い真夏の新兵教育を受けてきたせいか、田虫とあせもだらけの汚れた新兵たちであった。背中などは、田虫が花模様のようになって広がっている。

この新兵たち、緊張して乗艦して来た日に、艦内では酒を飲んでどんちゃん騒ぎをしていたので、みな驚いていたようだ。翌日には、これまた、映画が上映されたりした。これらは、たまたまそういう日に出くわしたというわけだが、毎日映画を見て、酒を飲んでいるような姿に見えたのか、新兵たちは、戦争なんてこんなものか、明日は何をやるんだろうと、そんなふうに考えているようであった。

何も知らない新兵たちには、昨日までの苦労などわかるはずもない。彼らはそれをこれからじっくりと味わうわけだ。その時、酒や映画のことを身にしみて悟ることであろう。

今日は、本艦が泊地の防衛警戒の当直艦である。八時より艦内哨戒第三配備、哨戒員が配備に付いた。

朝の課業始めの時、副長より、

「前進部隊（当隊）は、今のところ、九日に出撃する予定であるから、各科、充分に整備しておけ」

厳しい達しがあった。噂によると、今度も前と同じように、海上作戦らしい。十一日には、ソロモン群島のガダルカナル島を総攻撃するとか、そのための出撃であるらしい。もちろん、機動部隊も参加するであろう。

長い航海のあとで碇泊生活に入ると、湾内は航海中のようには風があたらないので、蒸し暑い。

九月八日、火曜日、晴。伊一一号潜水艦、空母を雷撃す——。

今日は、朝からからりと晴れ上がった上天気である。

午前中、油槽船第三小倉丸（四千トン）より重油の補給を受ける。同船は、全く錆だらけの古い行き脚のない船だ。大砲も船首につけてあるのだが、それは木で作り上げた飾り物である。速力も十ノットがせいぜいで、これでは敵の潜水艦に狙われたら戦いようがない。一発で轟沈であろう。一方、左舷では康良丸という石油船から航空燃料を補給した。

今日は横付け船の当たり日で、その次は糧食船の駿河丸より補給し、これでひととおり補給は完了した。こうして明日の出港準備は万全である。出撃は午後三時半と決定した。

艦長は相変わらずニコニコ顔で、グレーチングの上にどっかと腰を下ろし、われわれに言い聞かせるように、次のような良いニュースを話してくれた。

「昨夜、伊二一号潜水艦が敵大型空母に魚雷攻撃をかけ、二本命中確実。以後不明であるが、たぶん、撃沈の見込み大である」

そして、みなの顔を見渡しながらニコニコしている。出撃を前にして、誠に嬉しい話であった。

明日出撃すればしばらく見られないというので、今夜も映画を上映することになっていたが、昨日、「由良」に貸した映写機が故障したため、残念ながら上映は取り止めになってしまった。

日没後より、昨夜と同じように、戦友たちとブドウ酒で出撃祝いをやった。

九月九日、水曜日、半晴。第二次ソロモン作戦に出撃――。

いよいよ、今日からまた航海である。今度こそ、手応えのある戦《いくさ》がしたいものである。晴れた空に微風が静かに流れてくる。「気持ちの良い日和だなあ」と、心の中でそう呟いて風にあたっていると、間もなく、南洋名物のスコールが勢いよくやって来た。また、春島の左端の海面に珍しくも竜巻が起こり、海水が凄まじい勢いで巻き上げられ、霧から雲に変わってゆく。

〇六三〇、「敵潜水艦が環礁内へ潜入した」という哨戒機からの報告が入った。潜望鏡らしきものを認めたようだが、スコールのために間もなく見失ったようだ。

艦隊は直ちに配置に付き、対潜警戒第一配備となり、総員配置。飛行機が発進され、駆逐艦は攻撃に向かう。しかし、九時頃になっても何の変化もない模様なので、解散したのであるが、なんだか薄気味悪く、いやな気持ちだ。

「ビール瓶でも間違えたんじゃないか……」と、噂している。

本艦の三号機も、爆弾二発を抱いて飛び立ったが、十時頃、敵潜を発見したのかどうか、急降下爆撃をしていた。その後の状況は不明である。

連合艦隊旗艦「大和」は、山本長官が来艦のためか、夏島錨地の方へ転錨した。それと共に、機動部隊も各戦艦と相前後して夏島錨地へ退避した。

われわれのいる春島基地は、こうして、今日出撃予定の前進部隊だけになった。ただ、八戦隊は、今度の作戦で前進部隊に編入されて、当錨地に残っている。

午後、副長より、「今度の作戦は、相当突っ込む予定であるから、少しは手応えがあるはずだ」という話があった。また、今期の呉出港以来の敵味方の戦況を、水雷長が話してくれた。

午後二時半頃、二水戦旗艦「神通」が損傷しているので、二水戦司令官は「早潮」に移り、一足先に出撃、水道の対潜掃討に向かった。

一五三〇、出港の信号とともに、予定どおり揚錨、北水道へ向かう。

水道口で、先に出港した駆逐艦と合同。軽巡「由良」を先頭に、四戦隊（愛宕、高雄、摩耶）、五戦隊（妙高、羽黒）、「早瀬」、八戦隊（利根、筑摩）の順に警戒航行序列を整え、直衛に六隻の駆逐艦を従えて、作戦に向かった。機動部隊も、あとから出撃の予定である。

九月十日、木曜日、晴。スコール。南東海面に進撃す――。

トラック島付近の敵潜は非常に多く、七隻は常時いるだろうと予想されていた。そのため、トラック島付近の海面は、その敵潜の出没で、毎日のように悩まされているのである。

このうるさい敵潜を振り切るようにしてトラックを出港。今日もまた一日、無事に航海を終えた。針路百三十度で、南東に航進。午後八時には、針路百四十度に変針、南下の予定である。明日あたりから敵に接近する。哨戒圏に入るのではないだろうか。

魚雷について「十一日午後二時までに全魚雷即時待機せよ」と命令が出され、水雷科は眼の廻るような忙しさだ。

敵の航空母艦は、ほとんどが撃沈されたり大破したりで、同方面にはいないのではないか。それだけに、今度の作戦では、かなり突っ込むことになるに違いない。得意の夜戦も決行するらしく、参謀長と航空、航海両参謀が話していた。

機動部隊も、先に「龍驤」が大破したので、代わりに「瑞鳳」を加えて、もう出撃したことだろう。聞くところによると、大破した「龍驤」は、ミッドウェー海戦と同様、やむを得ず、友軍が処分したらしい。

今日は、一日中スコールが時々見舞い、空も乱雲が一面に立ちこめている。今宵も涼しい風を受けながら、まっ暗な海を航海している。

第四章　ガ島決戦へ

航海長の戦況報告

九月十一日、金曜日、快晴。敵大艇の捕虜八名を収容す――。昨日のような驟雨模様とはだいぶ違って、気持ちの良い航海である。

今日は昨日と打って変わって、朝から絶好の上天気である。基準針路百四十度にて、之字運動を行ないつつ進航。午前四時、各艦より零式水偵を発進させて、計八機（八戦隊は各二機）をもって索敵に向かった。九時には索敵を終え、全機無事に帰艦する。

艦隊はなおも南下を続け、予定戦場に向かいつつあり。十一時、針路百六十度に変針、国川丸及び「村雨」との合同地点に向かった。護衛艦の「村雨」を「春雨」に交代させるためである。

その国川丸から、「朝七時より八時にかけて、敵哨戒機の触接を受けつつあり」そういう報告が入る。

一一四五、「敵大艇一機を撃墜せり。『村雨』は撃墜機の処分に向かいつつあり」との電報が入り、艦内に放送された。国川丸には、いかなる飛行機が積んであるのか。水上戦闘機(二式水上戦闘機)であろうと思われる。

昨夕、昼夜戦転換の際、旗甲板において航海長の戦況に関する報告があった。それによって、大体の状況を知ることができたが、その大部分は、水雷長の報告と同じであるが、その大要は、次のとおりである。航海長は、地図を示しながら説明した。

「オーストラリアがここにあり、その北方に世界第二の大きな島といわれるニューギニアがある。その東にソロモン群島、オーストラリアの東にはニュージーランド、ニューカレドニア。さらに、ソロモンの西北方にはビスマルク諸島がある。

さて、いまソロモン諸島のここに、ガダルカナルとツラギという島がある。このガダルカナルが戦局の推移とともに、関ケ原の如く天下分け目のような重要地点になっている。本隊が南方作戦から内地に帰る頃、ソロモン群島は日本軍が攻略して、設営隊がごく少人数駐屯し、ガダルカナル島に飛行基地を造り、カビエン方面から中攻などの航空機を移そうとしていた。

その頃、第一次ソロモン海戦が起こったのだ。これは開戦時の前進部隊が、呉の休養から柱島に帰った日である。

米・英連合の大艦隊が、揚陸部隊を掩護して来襲し、ツラギ・ガダルカナルに上陸して来た。敵は小型戦車、火砲などを陸揚げした。

これに対して、八艦隊の『鳥海』などがこれら敵部隊の仮泊錨地を夜襲、ハワイ海戦以来の壮烈な奇襲攻撃を決行した。巡洋艦を多数撃沈し、米・英の残存艦隊を一時避退せしめたのであるが、上陸した敵の海兵隊は飛行場を占領し、爾後、敵は日増しに増強をはかり、日本の設営隊と対峙しているとのことである。

日本軍も、直ちに増援軍を送り込もうとしたのだが、あいにく間に合わず、まず第一次としてパラオ島の軍隊をトラック島に移動させた。この部隊は、二艦隊がトラック島に入港した前日、トラックを出港し南下したのだ。

艦隊はこれを支援すべく、八月二十日に出撃、敵の哨戒圏に入ったのである。

敵は、わが空母艦載機の攻撃によって一時避退したが、わが軍の上陸も思うにまかせず、駆逐艦によって百人、二百人と、少人数の上陸を決行。また、大発数十隻をもって遠征上陸を試みたが、これは成功せず、今日に及んでいる。

ここを占領すると、ポートモレスビー、サマライ、ラビ等に対する爆撃も容易になり、サンゴ海方面にも勢力が伸びるわけで、わが方は非常に好都合である。一方、敵側でも、ここを確保することによって、日本艦隊の南進を阻止し、日本軍のポートモレスビーやサマライ、ラビ等の攻撃を抑圧することになる、という重要なところなのだ。ラビ等には特陸部隊（海軍特別陸戦隊）が上陸したのであるが、そこは敵の制空権下にあるため、いずれも苦戦を強いられている状態である。

しかし、ここはどうしても確保しなければならないものだが、なんといっても兵力が整わず、上陸部隊は十一日（十二日に延期された）を期して総攻撃を敢行する作戦で、艦隊はこれを支援するために、再び出撃したのだ。

ガダルカナル島は、かなり大きな島で、ジャングルが非常に深く、高い山になると二千五百メートルもの高さになり、普通に考えられるような戦場とは少し勝手が違うということである。

敵も、ここは重要なところであるから、そうやすやすとは渡さないであろう。そして、日本の艦隊が南下することを察知すれば、必ずや反撃に出てくるはずだ。大決戦が起こるかも知れない。しかし、そうなればそれこそこちらの思う壺であり、われわれとしても、その点はしっかりと覚悟しておかねばならない。

緒戦の奇襲とは違って、敵も充分に準備を整え、しかも、機動力を使って防備を固めているはずであるから、相当に手強いものと思わねばならない」

以上が、航海長の話であった。

一五三〇、二時間前に発進した九五式水偵が帰って来た。その報告によると、「不時着した敵の大艇の搭乗員を捕虜とした」ということで、駆逐艦を伴って先航した。その捕虜を収容するためである。

午後四時五分、捕虜を収容中の「村雨」と合同した。その「村雨」より報告あり。

「捕虜は全員で八名なり。今より本艦のカッターで送る」

夕闇迫る海上を、小さなカッターに乗せられ、捕虜たちは本艦に収容された。彼らは、みな背の高い頭髪を伸ばした立派な者ばかりである。「村雨」で脱がされたのか、ランニングと半ズボンという気軽な姿でやって来た。大艇一機の搭乗員全員であろう。大尉が一名、少尉二名、下士官五名の計八名。

直ちに、各倉庫に一名ないし二名ずつ収容。参謀や本艦の士官たちによって、敵情などを訊問するのであろう。早速、ガンルーム（第一士官次室）においてそれは始まったらしい。先任参謀は最も英語が達者であるから、面白い状況を彼等から聞き出すかも知れない。高橋たちも、こっそり覗きに行った。

だが、この捕虜たちのことを考えると、なんとなく可哀想に思えてくる。誰もがそういう感情を持っているようだ。ここが日本人の弱いところでもある。彼らが考え込んでいるのを見ると、つい、同情の念が湧いてきて、見ていられなくなる。

この時、これらの捕虜と共に、第十四航空隊の搭乗員六名も収容した。

この日本の十四空の搭乗員たちは、去る九月二日、ショートランドより大艇で索敵に向かったが、途中で敵機に発見され、空中戦の末、損傷し不時着した。海上に漂う大艇は爆撃を受けて炎上し、付近の小島にたどり着いたのであるが、搭乗員九名のうち、三名は戦死、六名だけが原住民と共に生活していた。十日、国川丸がその小島の付近を航行中を発見し、あらん限りの大声を張り上げて呼びかけ、ようやく助けられたのである。

九月十二日、土曜日、快晴。いよいよ南下、総攻撃開始――。

今日もまた、良い天気に恵まれた。昨夕より南下を打ち切り、針路を百六十度から七十五度に変針し、早朝、予定の如く水偵を発進させて索敵したが、今日も何の手掛かりもなく、全機、無事帰艦した。

午後、十八ノットに増速、針路を再び百六十度にして、いよいよ、南下。明朝もまた、索敵機をいつもの如く発進して、索敵せしめる予定である。

一六〇〇、さらに二十ノットに増速。今夜は一直線に南下する。

捕虜も不安のうちに一夜を明かし、しょげ込んでいる。昨夜も遅くまで訊問されたらしい。それによると、敵の大艇はヌデニ（どこにあるのかわからない）の基地を飛び出したということである。今日は、第二十七駆逐隊が、そのヌデニを攻撃する予定であり、明日、本隊の索敵機が偵察し得る地点まで進出するので、高速を出して南下しはじめているのだ。

総攻撃が一日延びたので、針路を半日七十五度、半日二百五十五度で走っていたが、今日正午より、一斉に南下し、ガ島総攻撃を支援するのである。一日延びなければ、まっすぐ突っ込むはずだったのだ。

ガ島では、陸軍の総攻撃がすでに開始されたようである。今夜には、良いニュースが入ることであろう。この機会を利用して、湾内にいる敵艦隊も誘い出し、海戦になるのではないかと思われる。

また、別の情報によると、敵大艇の基地を今夜二二三〇（午後十時三十分）、二十七駆逐隊が攻撃するが、駆逐艦は仮装して敵の駆逐艦に見せかけるため、煙突を四本にして突っ込み、大艇基地を殲滅し、直ちにヤルートに直行するとのことだ。この作戦が功を奏すれば、敵大艇ももう飛んでこなくなろう。

陸軍部隊も、ガダルカナル島に攻撃を開始していることであろう。ようやく戦機が熟したといえる。

機動部隊も、後方から一斉に南下している。

捕虜訊問と先任衛兵伍長

九月十三日、日曜日、晴。三戦隊（金剛、榛名）合同、ガ島激戦か――。

航海中は、碇泊している時と違って、風がよくあたる。特に、上甲板以上の露天甲板にいると涼しい。二ノットに対して、約一メートルの風があたるのである。だから、十六ノット以上も出していると、八メートル以上の風にあたるわけで、昨夜七時前からは二十二ノットにて南下しているので、風は十一メートル以上と強く、艦橋で当直に立っていると寒くなってくる。今までも、時にはぶるぶる震えながら立つことがあった。

今朝は、いよいよ、ソロモン群島の東方三百カイリ付近に近づいたので、みな戦闘服に着替えて物々しい姿だ。

早朝〇三五〇、予定の如く、零式水偵を発進し、索敵に向かわせた。

戦闘見張員は四直となり、当直番の高橋一水が任務についていると、間もなく、第一号機より、「敵大艇一機見ゆ」との報告が入って来た。

さらに、陸上基地から発進した索敵機よりの電報にも、「敵巡洋艦一隻見ゆ。地点、ガダルカナル島の百二十九度、三百五十カイリ」と報告があり、いよいよ、緊迫した状況になってきた。艦橋のスピーカーから、電信室より放送されるアナウンスが、刻々と聞こえてくる。今朝からもうすでに、四、五回も放送している。

こうならなくては面白くない。なかなか面白くなってきた。

〇九〇〇頃、艦首に、敵大艇一機が現われた。本艦の飛行機が見つけたという大艇らしい敵大型機が、その後、本艦隊の後について来たのであろうか。直ちに対空戦闘がかかったが、間もなく、水平線の彼方に隠れてしまった。

昨日、二十七駆逐隊が敵の飛行艇基地を攻撃したのだが、その戦果は未だ知らされていない。

だが、大艇の大部分は逃げてしまったらしいので、今日はたぶん飛んで来ないと思っていたが、敵もさるものというべきで、やっぱりやって来た。もともと、大艇は偵察が任務であるから、こちらの素早い対空戦闘で、あわてて逃げ去ってしまったが、それが最も賢明な処置かも知れない。敵機が逃げ去ったので、対空戦闘は解除された。

針路百八十度、十六ノットにて、引き続き南下する。敵情に変化がなければ、索敵機を揚収したあと、反転。明日、健洋丸より補給を受ける予定であるが、今のところ、情況はまだ不明である。

各艦ともに飛行機を揚収後、予定どおり反転、針路を零度とし、北上をはじめる。それとほとんど同時に、第八艦隊司令長官（三川軍一中将）から、暗号電報入電。

「第一索敵線飛行機より、敵航空母艦一、戦艦二、巡洋艦三、駆逐艦六、見ゆ。針路九十五度、速力二十ノット」

当隊は直ちに反転、この敵に向かったが、午後十一時に至るも、遂に発見できず、再反転した。この時、艦長から、「敵触接機がまだつきまとっているから、気をつけて見張りを厳になせ」と命じられる。

「本艦は、一時、敵に向かったが、作戦は明日に延期され、味方機動部隊と緊密なる連絡のうえ、一戦を交えんとす」

拡声機より放送された。

ガダルカナル島の戦況も、順次報告され、一時は、「ガ島飛行場をわが軍が占領した」そういう電報が入ってみな大いに喜んだのであるが、それは間違いだったというのでがっかりする。

今日、「利根」の四号機が敵の水上機基地を偵察した際、爆弾を持って行かなかったので、銃撃をもって敵水上機基地を攻撃して、無事に帰って来た。

「明日は、ぜひ、爆弾を持たしてくれ」

その搭乗員から、すぐ、そのように信号があった。みな、張り切っている。

いつ赤道を通過したのか、今度はわからなかった。近頃は赤道を越えるのも珍しくなくなったので、全然気に留めていないから、つい忘れてしまう。すでにその赤道を一回往復し、さらに、昨夜あたり、また越えたらしい。

一六三〇頃、無線測距（レーダー）を内地で積むために、呉で修理していた三戦隊（金剛、榛名）及び三十一駆が合同した。そのため、前進部隊もなかなか賑やかになった。五時に九十度、五時半には百八十度と、つぎつぎに変針して、いよいよ敵に向かった。今夜は、味方機動部隊も全力にて南下しつつある模様だ。

捕虜も、その後、順調に訊問に答えている様子であるが、一人だけ例外がある。大艇の機長であろう。海軍に入って五年以上になるという大尉であるが、本艦の士官に棒で殴られ、靴でビンタを食っても、何も答えない。

食事も与えられず、耳からは血を出し、鼻血もまっ赤に吹き出して、服も血だらけになっているが、絶対に口を割らない。

未だに、何一つ言わず、その大尉は、「あの世でお話しましょう」などと、冗談なのか、こちらを馬鹿にしているような態度をとり、またまたぶたれたりしている。しかし、白状はしない。敵ながら天晴れなもので、褒めなければなるまい。背の高い士官で、齢も相当とっているらしい。

それに引き換え、少尉のほうは何でも良く話すので、好遇されている。制裁も受けず、食事も与えられて元気である。ヌデニ島の基地の状況を聞いてみると、すぐにすらすらと答えた。

ちょっと下手な英語で、「君、恋人はあるのか」と、冗談がてらに聞くと、てれくさいのか、金の指環を見せて何か早口で言っているが、あまり早過ぎて何のことかわからない。立派な指環である。時計も良いものを持っている。それらを見せびらかしているような仕草をしたりする。しかも、男振りもなかなか良いほうで、案外、気楽な性格をしているようだ。

この少尉は、放送局のアナウンサーをしており、もう一人の少尉は、音楽の教師をしていたとかで、軍隊には無理に引っぱられたらしい。思えば、可哀想である。

また、下士官たちはあまり調べられないでいるようだ。鼻の大きい下士官は右腕に機銃弾貫通の負傷をしており、痛いのであろう、いつもじーっと我慢して考え込んでいる。

九月十四日、月曜日、晴。空襲を受くも被害無し——。

早朝〇三三〇、予定の如く索敵機を発進、その状況によっては一戦を交えんとしたが、索敵機よりの報告では、いずれも特別な内容はふくまず、たいした状況を知らせて来なかった。敵も勘づいたのか、どこかへ消え失せてしまったものらしい。

ただ、利根機が、「敵陸上機を三機発見」そう報告して来た。

そのほかの「愛宕」「高雄」「羽黒」「妙高」の各機は、敵飛行艇を発見しただけで、それがかえって敵飛行艇を本隊に誘導するような結果となった。索敵機が帰ってくると同時に、敵の大艇が現われて、触接しはじめた。艦首と左舷の方向にそれぞれ一機ずつ、当艦隊につきまとっている。

わが方の索敵機は、筑摩機がすでに爆撃を成功させて戻って来たため、全機無事帰投ということで、直ちに揚収し、一〇一五（午前十時十五分）、針路を零度に変針して北上したが、敵大艇はなおも執拗に触接を続けてくる。

一三三〇、「敵触接機、方位測定の長音波を出しつつあり」と、電信室より報告があった。

艦長は、直ちに、

「敵大艇、自らの友軍を誘導している。見張りを厳になせ」

厳しく命ずる。その艦長の言葉が終わるか終わらないうちに、

「右後方に爆撃機六機見ゆ！」

大声の報せが入る。艦隊は、直ちに高速を出してこれを回避した。

これで二度目の空襲である。第一回目の空襲の時は、爆撃機は二機しか来なかったが、今度は四発の大型爆撃機が六機も七機も来襲して来た。

艦隊はこれに対して直ちに応戦、空一杯に弾幕が広がる。敵機もそれを見て一時は遠ざかったが、間もなく、雲を利用して一機ずつ来襲し、高々度爆撃をしてきた。この攻撃に対して、対空砲火によって反撃したが、敵機は三戦隊（金剛、榛名）の上空に接近して爆弾を投下、速力を上げて逃げて行く。敵機も、わが方のまっ黒な弾幕が自分の周囲に爆発するので、驚くとともに恐れをなして、爆弾投下もそこそこにして急いで遠ざかっていった。

爆撃を受けたのは、「金剛」と「榛名」と「羽黒」の三隻であったが、いずれも爆弾は命中しなかった。

一五〇〇、敵機は遂に引き上げた模様で、それ以後は姿も見えなくなった。やはり、目標

になるのは図体の大きな戦艦のようである。

本艦はいまだ爆撃を受けず、今日も一日、無事に終わった。陣形を整えて、十八ノットにて北上しつつあり、いよいよ明日は、健洋丸と合同し、補給を受ける予定である。補給が終了すれば、また南下する。

今夜、陸軍部隊がガダルカナル島の飛行場を奪還するという情報だ。成功を祈る。

重巡「妙高」、戦死者水葬に付す

九月十五日、火曜日、快晴。戦死者水葬に付す。健洋丸合同、補給開始――。

昨日、空襲後、直ちに北上し、補給地点に向かった。

一方、「峯雲」に護衛されて南下して来た健洋丸と今朝三時三十分、合同。直ちに補給を開始する。この時、すでに補給を完了していた第二十七駆逐隊も合同した。この二十七駆は、先に、米国駆逐艦に偽装して敵大艇基地を攻撃、そのあとヤルートに直行する予定であったが、前進部隊指揮官の命により、当隊と合同することになったのである。

速力を減じての補給が進められる。「朝雲」と「羽黒」を一番先にやり、駆逐艦全部と「妙高」「由良」だけに補給する。健洋丸も満載して来なかったと見えて、そのほかの艦まで満載することができない。第四戦隊および八戦隊は、明日、バリックパパン方面から合同予定の日本丸（先月、当方面にて補給終了後、ボルネオ方面に向かっていた）より補給を受けることになっているらしい。

昨日の空襲で「妙高」も爆撃を受けた。命中はしなかったけれども、その至近弾によって高角機銃員三名のうち二名が戦死を遂げ、一名は重傷を負った。機銃の銃身は折れて、悲愴な状況であったらしい。

それ故、今日の八時半より、戦死者二名の水葬式が「妙高」の後甲板で行なわれた。せめて、遺骨だけでも残してやりたいのであるが、作戦中のこととて火葬にすることもできず、髪の毛と爪だけを残して水葬にすることになったのだ。致し方ないとはいえ、哀れでならない。名誉の戦死とはいいながら、骨を残すこともできないで、南太平洋の海底深く沈められるとは、誠に哀惜の極みであり、寂寥《せきりょう》の感に堪えない。

この水葬式に呼応して、八時より、上甲板にいる者は一斉に「妙高」の方向に向いて敬礼する。軍艦旗の下に、毛布に包んだ戦死者の姿が少し見える。間もなく、第二種軍装に着替えた衛兵隊に敬礼され、海底深く投入される。軍艦旗を半旗にし、全員黙禱を行なう。霊よ、安らかにと祈る。

あの敵大艇の収容捕虜たちは、近頃ではやっと馴れたらしく、食事もわれわれ下士官や兵の食事よりは良い物を出されて、士官並みの待遇になっている。また先任伍長の講習を受けて、箸の持ち方や使い方も上手になり、喜んでいる。

こちらは、みな動物園の猿でもからかうように、日本語を教えてやったりして賑やかである。もう、だいぶ覚えたらしい。便所へ行くにも、先任伍長と番兵がついて行く。

こうしてみると、捕虜はなかなか偉いものだ。飯は士官並みで、遊んで暮らして、お付武官が便所にまでついてきて、寝る時は風邪引かぬようにと毛布をかけてくれる。近頃は、お客様のようである。なにしろ、便所のやり方まで丁寧に教えてやる先任伍長は、親切だ。

エンタープライズ型空母撃沈

九月十六日、水曜日、快晴。十五日一八〇〇、エンタープライズ型空母を撃沈す――。

健洋丸は、昨夜、補給終了後、直ちにボルネオ方面に向かったようである。

昨夕、伊一五号潜水艦より、次のような素晴らしい報告が入って来た。

「わが航空部隊（第一航空艦隊）の攻撃により、ヌデニ島南東方面海上において漂流中の敵空母エンタープライズ型は、大火災を起こし、左舷に大傾斜をして沈没せり。巡洋艦二、駆逐艦数隻は、いち早くこれを見捨てて避退せり（十五日一八〇〇）」

報告は以上である。

艦長の命令により、直ちに拡声器によって艦内に放送される。

敵アメリカの航空母艦は、かなりの数が撃沈されたようだが、さすが物量に誇るアメリカの工業力をもって次々と建造し、送り出してきては、また撃沈されてゆくのであるが、いくらアメリカとはいえ、米艦隊ももう空母はレンジャー一隻ぐらいしかいなくなったのではないか。

本艦に収容されている捕虜に聞いてみると、

「自分が知っている航空母艦は、もう二隻ぐらいしかない」

そう答えていた。（史実によると、九月十五日、伊一九号潜水艦がワスプを撃沈し、太平洋方面で健在な空母はホーネット一隻だけとなった）

昨夜、十一時頃、当直に立っていると、駆逐艦の「早潮」が、横付け補給をした。しかし、その曳航補給の作業中に、下士官が一名、海中に転落して死亡した。

転落直後、すぐさま照射し捜索したが、どうしても見当たらず、遂に立派な戦死を遂げたこととなった。昨日の「妙高」の戦死者二名と合わせて、三名の兵士をこの南太平洋の海面で失い、葬ったわけだ。

早朝〇四〇〇、重油船日本丸と予定の如く合同。直ちに、「摩耶」を右舷へ、「筑摩」を左舷へそれぞれ横付けし、曳航補給を行なった。引き続いて、「愛宕」「利根」「高雄」「早潮」の順に補給を開始、終了後、針路を西に向けた。

受信中の信号誌をめくってみると、次のような張り切った作戦が書かれていた。

「筑摩」艦長より参謀長宛、

「本艦飛行機の偵察によれば、ヌデニ島には敵の基地施設らしきものはなく、攻略容易なもの如し。この際、敵に先んじ、一挙にヌデニ島を攻略し、ここに水上基地を進むるとともに、艦隊もまたヌデニ島近くに進出し、サンクリストバル島南東方面の敵を撃滅するを有利と認む」

と張り切った意見具申が来たが、参謀長には外の好策もあるとみえて、鼻先で笑ったようであった。

「その作戦も出ていることは出ていますよ」

と、艦長に話していた。

話は変わるが、収容している捕虜も、この頃は「愛宕」の名物の一つになったようだ。みな、これを好感をもって見守っている。

通信参謀が水雷参謀に、「今までやってきたが、今度は君が行ってやってくれ」そう言っていた。たぶん、捕虜訊問のことであろう。

当直が終わったところで、どんな訊問をやっているのかと興味がわいてきて、好奇心で行ってみる。すると、水雷参謀、世界名曲百歌集とかいう本を見ながら、音楽教師だったというコーターと名乗る少尉から、一生懸命、唄を教えてもらっていた。これには、いささか驚いた。しかし、すぐに、さすが水雷参謀、なかなかスマートなところがある、と感じ入る思いであった。

そのまま、しばらく部屋の外で聞いていたが、本気で習っているらしい。歌い終わって、

「サンキュー」

水雷参謀が礼を言って立ち上がると、

「ノー、ノー……」

アメリカの少尉は、何とかそんなふうに言ったようだが、たぶん、

「いいえ、どう致しまして……」

そんな意味のやりとりがあった気配。そのあとで少尉が、

「さよなら」

日本語で言っているのを聞いて、驚いてしまった。

水雷参謀、なかなか味な訊問をやるものだと、みなで大笑いした。

九月十七日、木曜日、快晴。第二駆逐隊、ヌデニ島攻撃に向かう――。

トラックを出撃してからもう一週間あまりになる。赤道付近を北に南に行動して、同じ海面を行ったり来たり、戦機が熟すのを待っているのだが、みな早く作戦に向かわないかといらいらしている。

今日は、針路九十度にて東へ進む。

「この針路じゃ、アメリカ本土へ向かうのかなあ」

などと冗談を言って笑っている。

今日も、第二次の補給を行なった。第二駆逐隊（村雨、五月雨）を先に補給させ、直ちに分離して、ヌデニ島攻撃に向かわせた。隊番号の白いバンド（煙突に描いたもの）を消した二駆は、午前九時、高速にて南下を開始した。

そして、作戦に向かうこの駆逐隊に対し、長官及び参謀長よりの注意と激励信号が送られる。

「断じて行なえば鬼神も避く。司令はじめ乗員一同の奮闘と成功を期待す」

また、参謀長からは別に、敵に対する心掛け及びヌデニ島内の状況（捕虜の言）を、こまごまと長い信号で送られた。上甲板には艦首から艦尾にかけて、乗組員全部が綺麗に並び、武運と成功を祈るため、帽子を振りつつ訣別の挨拶を交した。

昼頃、味方機動部隊の艦攻二機が飛来し、連絡をとっていった。明朝、合同するらしい。

一九〇〇、針路を百度に変針した。

九月十八日、金曜日、快晴。機動部隊と合同――。

今日も終日、針路百度にて東へ東へと航行した。天気も晴天つづきで、このところスコールもなく、照りつけてくる太陽にいささか暑くて堪らない。

参謀の話によると、昨夜（十七日夜）、第四駆逐隊がガダルカナル島へ野砲四門を揚げたとか。その成否は不明で、まだ確認できない。この作戦は、これからも毎夜連続して行なうという。今夜も重砲か何かを揚げるらしい。今度のソロモン群島の攻撃は、いまだかつてないほどに強烈なものとなるだろう。

この作戦（ソロモン海戦）は、開始以来もう二ヵ月に近くなり、それでも未だに作戦の目的は達せられない。まったく、長期戦になってしまった。これでは、乗員一同、いらいらして嫌になってしまう。

初期の南方作戦のように、作戦が面白いようにうまく進捗していた時とは違って、現在の状況は、戦いの気力、すなわち、兵たちの間の精神的雰囲気がだんだん緩んできているか、あるいは、緊張が乱れてきているかに思われる。一日も早く目星をつけて、この重要拠点であるソロモン群島を攻略しなければならないと思われる。士気昂揚のためにも早くそうあってほしい。

また、この作戦が一向にはかどらないのは何故なのか、どうしてなのか。それは、味方の航空母艦の激減、これが最大の原因ではないかと思われるのだ。

ミッドウェー攻撃に際して、わが方は優秀なる空母四隻を一挙に失ってしまった。そのためではないだろうか。その結果、最新鋭の空母は、「翔鶴」と「瑞鶴」の二隻を残すだけになってしまった。こうして、遂に、大事をとって最前線に空母を繰り出しての攻撃をせず、われわれの前進部隊よりずっと後方についてくるというのが実際の情況である。だから、以前のように、素晴らしい積極的な攻撃を仕掛けて大きな戦果を上げることができないのだと思われる。思えば、あのミッドウェー海戦が恨めしい。

その機動部隊（三艦隊）が、早朝、暗いうちにいま、左前方に見えはじめてきた。「比叡」が、玄洋丸より補給を受けながら航行している。この機動部隊との合同により、また一段と力強さを感じてきた。

機動部隊は、二十一日、一挙に南下の予定と聞く。いよいよ、決戦に向かうのか。いや、その点が流動的で、いまひとつはっきりしない。それより先に、当隊が南下するらしい。ミッドウェー海戦で苦い経験をしているので、今度は機動部隊を先に行かせず、前進部隊が先に行くようになった。

今夜二三〇〇まで、日本丸よりの補給がかかるので、三戦隊は同時刻に至らば、令なくして針路を百九十度に変針し、南下するらしい。現在の位置は、北緯二度ぐらいであり、だいぶ北上したのである。東径は百六十五度付近だ。

今まで東へ東へと進んで来たので、今日は日没が早く、四時前に姿を消してしまった。

第二駆逐隊の攻撃は明晩とか。吉報が待たれる。

九月十九日、土曜日、快晴。赤道通過十七回目——。

重油船日本丸は、昨夜十一時十分、「榛名」への補給を完了したあと分離、呉港へ向かわせた。

本隊は針路を百九十度に転じ、再び南下を開始した。

〇五三〇、十七回目の赤道を通過。午後、また六十五度に反転、南緯二度付近にて、機会あるまで待機する予定らしく、午後十時半には、さらに反転、二百四十五度になった。

今日は、海上は相当高いうねりがあり、艦が大きくゆっくりと揺れ出した。それでも、索敵機の発進などは予定どおり行なわれ、一日中、絶え間なく、上空を警戒している。

昨夜、機動部隊は変針とともに遠ざかり、当隊は先に南下したのである。今日も一日、何の変化もなく、得るところもなかったが、どうやら無事に過ぎた。

艦長は相変わらず朗らかである。戦争下にあって、艦長という重大な責任を背負っているにもかかわらず、常に愉快で、しかも堂々たる生活ぶりを堅持しているが、このことは連合艦隊に艦長多しといえども、他に比類なきものと確信できる。まさに、豪傑艦長である。

月は皓々と夜空に輝き、その半欠けの月の下、静かなる海、おだやかな月光に大きくうねる海。ふと、戦争であることを忘れさせるような静寂が艦の周辺に訪れている。

何か、詩でも浮かんできそうな夜である。

「また爆撃されに行くか」

九月二十日、日曜日、快晴。作戦再度打ち切り。一路、トラックに向かう。第二駆逐隊ヌデニ島攻撃、戦果無し。第四水雷戦隊分離、外《そと》南洋部隊に編入——。

今朝は、いよいよ、南下を開始。すでに、敵の哨戒圏に入った模様だ。

朝食後より戦闘服装に着替えて、そろそろ物々しい雰囲気になってきた。

「また爆撃されに行くか」そんなつまらない冗談が、みなの口から飛び出してくる。しかし、われわれには作戦がどうなったのか、敵情に関して何か変化があったのか、それとも、敵艦隊が避退して遠ざかったのか、何もかも見当がついていない。

八時に針路零度に反転、北上しはじめる。と同時に、四直配置になった。戦闘配置解除、正規の通常当直に復帰である。

一方、ヌデニ島攻撃に向かった第二駆逐隊のその後の状況は、良くわからなかったが、今朝になって、やっと報告が入って来た。

それは誠に残念な報せで、

「ヌデニ島湾内を隈なく捜索せしも、敵影を認めず」

このように、何の戦果もなく帰途についた模様で、七時頃、

「敵飛行機一機見ゆ」

さらに、十一時には、

「敵大艇二機見ゆ、一機はわれに触接し、一機は北方へ向かった」

そう報せて来た。

本隊は八時に変針したので、索敵機の発進は取り止め、十一時に三百五度に変針、一路、トラック島に向かうことになった。今度の作戦は、やはり得るところなく終わったのか。

そのとおりで、遂に、作戦は断念、二十三日午前、トラックに入港の予定と、決定した。

艦長の言によると、「井戸端会議で決まったか……」「まったく、つまらぬことを……」と、小さな声で言っている。たぶん、作戦についてのことであろう。

十二時過ぎ、第四水雷戦隊は当隊より分離し、今度は外南洋部隊に編入したので、新しい作戦に向かった。

この第四水雷戦隊は、二駆、九駆、二十七駆の三駆逐隊よりなっていたが、九駆は直ちに二水戦司令官の指揮下に入って三番隊となり、二駆は、先にヌデニ島攻撃に向かったまま、未だ帰還せず、そのまま、二十七駆（白露、時雨）とともに分離した。二駆は、「由良」、二十七駆とともに重油船玄洋丸より補給中にて合同予定とか。

分離の際、参謀長より「由良」（四水戦司令官）宛、

「ガダルカナル島飛行場に対する昼夜の間接射撃等に関しては、具体的に対案を定め、駆逐

艦をして極めて有効なる射撃を行ない得るよう指導の要ありと認む」

と注意し、また、長官より第二駆逐隊司令宛、

「慎重剛胆、克くヌデニ島攻撃の任務を達成したるを多とす」

かかる慰労の信号が発せられた。

今度の作戦こそ、開戦以来、初めての大きな作戦であり、長い作戦となった。海軍側では、毎夜のように陸軍の野砲を陸揚げしているが、敵もなかなか手強く、そのため、今度は「日進」（水上機母艦）が内地から戦車を積んで来たとか。いよいよ、大掛かりな攻略戦となろう。

九月二十一日、月曜日、快晴。第二駆逐隊空襲を受く。詳細不明――。

東の水平線が薄明るくなる頃、総員起こしである。十八日には東経百六十八度の地点に進んだので、その時の朝は二時五十分の起床であった。そして、夕刻は、四時前にもう日没になってしまう。しかし、北西に進んだので、今日は三時十分の起床である。今期の行動中、三時半より遅く起きたことは滅多にない。

東の空が朝焼けになりはじめるとともに、太陽が水平線にのぼり出す。その頃から、昼夜戦転換時の戦闘訓練がすっかり終わった時分に太陽がのぼり切る。日の出前から御来光、登り切るまでの間に、われわれの朝のひと仕事が終わってしまうのだ。これは、碇泊している時でも同じである。

これに比べると、開戦当初の行動中は正反対で、現在は軍艦旗を七時に掲揚しているのに、当時は十時に掲げていた。さらに、長年内地にいた時は、それが八時に掲げていたことを思うと、なんだかおかしなものであり、それだけ、今次戦争範囲の広大さをしみじみと感じるわけである。

今日も暑い。太陽が頭上から照りつけてくるが、航海中という有り難さで涼しく過ごすことができる。

第二駆逐隊が四水戦と合同するために北上しつつある時、今日午前十一時に空襲を受けたらしいが、詳細は不明である。いずれ、今日の戦闘概報にて発表されるであろう。

昼近くになって、また三百五度より二百九十度に変針した。玄洋丸より補給した「由良」が見え出したが、間もなく、南西方面へ向かい、すぐに見えなくなった。

九月二十二日、火曜日、半晴。哨戒艇遭難者たちの体験談を聞く——。

昨日遅く重油船玄洋丸と合同。十六ノットの速力で、敵潜水艦の攻撃を防ぐために之字運動を行ないながら航進。昼頃から針路二百九十度より三百十五度に変針し、夕刻になって十八ノットに増速して、一路、トラックの南水道に向かって航海を続けている。昨夜以来、雲量が多く、スコールも二回あった。

朝食後、間もなくスコールの大きな奴に突っ込むというので、「直ちに総員スコール浴び方」の号令がかかる。

「それっ」とばかりに、みな一斉に裸になって上甲板で待っている。と、サラサラーと降り出した。気の早い奴は、あわてて石鹸を身体一面にぬり付けて張り切っている。

「さあ、これから！」といわんばかりのその時、雨はそのまま通過してしまった。みな身体を濡らしたというだけで終わってしまい、がっかりである。

大損でもしたように、みなで顔を見合わせて呆然とし、雨雲の走り去ってゆくのを眺めたりして甲板に立ちつくしている。たまには、こんなこともある。

一三〇〇、先にアメリカの捕虜と同じ時に収容された十四空（横浜空）の遭難兵の体験談発表があった。漂流と、原住民たちとの島での生活、その二十日間の遭難体験を後甲板で聞いた。その苦闘は厳しいものであり、食物は動物並みのものを食って生き延びたようだ。

今宵も月が明るい。皓々と輝いている。

「敵潜の攻撃を受けやすく、総員気を緩めることなく警戒せよ」

副長から達しがあった。


九月二十三日、水曜日、快晴。トラック入港――。

いよいよ今日は開戦以来三回目の長い航海を終えて、半月ぶりにトラックへ入港することになった。

敵潜が最も多いことで名所になっているトラック島の入港口、その敵潜潜伏海面に十二時より入った。そのため、戦闘見張員は四直になって見張る。そのあと四時の総員起こし後から二直配置となり、懸命に潜望鏡を見張る。

○八○○、水平線の彼方に、トラック島が浮かび上がってくる。続いて、七曜島の高い山が見えてくる。

○九二○、南水道に入る。本艦の前に、二水戦旗艦の「早潮」を先頭に、「愛宕」「高雄」「摩耶」「金剛」「榛名」「妙高」「羽黒」「利根」「筑摩」、そのあとから、駆逐艦五隻。これらが単縦陣に並んでの航進は、それこそ威風堂々という表現そのものであり、たびたび見る艦隊風景とはいえ、実に頼もしく感じる。

夏島錨地には、「鹿島」「香取」をはじめ、靖国丸、平安丸、旭洋丸という大小の商船が、煙を吐きながら碇泊している。そして、竹島の航空隊や夏島の水上基地などの上空には、爆音を響かせて飛び交い、激しい訓練を続ける飛行機が見られる。味方機動部隊も、間もなく、入港する予定である。

すでに、航空隊の上空には、艦戦、艦攻、艦爆が堂々の編隊を組み、着陸の態勢で、吹き流しの上がるのを待っているようだ。

一○四五、トラックの街の前から夏島を一周し、四季水道より春島錨地に入り、投錨した。

一四○○、機動部隊も入港した。

こうして、大部隊が入ったので、連合艦隊旗艦「大和」も信号当直が忙しくなったようだ。見ると、「神通」はまだ「明石」に横付けしており、外舷だけは修理した模様で、大砲も無事に正規に直したらしい。来月早々、内地に帰るとか。なお、九戦隊（北上、大井）及び

「陸奥」も、堂々と碇泊している。

この日から、信号員が疲労大なるという理由で、見張員でもマーク持ち（術科学校出身）の者は、信号当直に立つことになった。そのため、なかなか忙しい。まったく、旗艦だけはもうたくさんだと思う。本当に眼が廻るほどに忙しく、食事から食事までの五時間が、一時間ぐらいにしか感じられず、直ぐに過ぎてしまう。それも、四直配備の休みの間の作業だけに、いっそうきついわけである。しかし、これも殉国心に燃えてこそできることだ。

夕食後、十七日ぶりに入浴し、身体がせいせいして生き返ったような思いである。痒いところをちょっと撫でるだけで、垢の大きいのがボロボロと落ちてくる。誠に気持ちの良い入浴であった。また、今日に限り、酒保では酒をいくらでも売ってくれた。早速、戦友たちは酒宴を開き、みなほろ酔い気分で御機嫌になっている。

三度出撃す

十月十一日、日曜日、半晴。トラックを三度出撃――。

九月二十三日の入港以来、久しぶりに休養をとり、散歩上陸も許可された。しかし、艦内の整備も完了した前進部隊は、三度、トラック出撃を迎えた。

午前二時三十分、総員起こし。

〇三三〇、トラック島を北水道より出撃。相変わらず、対潜警戒に全力を集中、二直配置にて無事水道出口を突破す。

軽巡「五十鈴」を先頭に、重巡「愛宕」「高雄」「妙高」「摩耶」、巡洋戦艦「金剛」「榛名」、空母「飛鷹」「隼鷹」の順に、威風堂々、二十ノットにて航行する。その左右に、「電」「敷波」「海風」「高波」「長波」「巻波」「陽炎」の各駆逐艦の直衛が居並び、誠に堂々たる進撃である。

機動部隊本隊も、すぐ後から出撃する予定であり、すでに、上空には艦爆が陸上基地から飛び立ち、四機で艦隊の対潜直衛に当たっている。

トラックの在泊は、今回が一番長かった。それだけに、また久しぶりの航海で乗員はみな元気一杯である。戦場に向かうという緊迫した気分など少しもないような、すがすがしい気持ちでみな張り切っている。

今夜から当分、夜食が食べられる。航海中は夜食が出るのだ。みな、そんなつまらないことを話し合っている。無邪気なものだ。今度こそ、作戦が順調にいき、全面的に成功することを祈る。

十月十二日、月曜日、晴後曇。ガ島付近にて六戦隊、敵艦隊と交戦――。

〇一三〇頃より、急に二十ノットに増速した。何が起きたのかと参謀の話を聞くと、大体、次のような海戦があったのだ。

水上機母艦の「千代田」が、大量の兵器を積んでガダルカナル島に陸揚げすべく向かっていた。これと同時に、第六戦隊は敵航空基地を砲撃すべく、同方面に向かいつつあった。しかし、この時、「千代田」は敵甲巡六隻、駆逐艦六隻に追撃されはじめたので、六戦隊は直ちに南下してこれに向かい、激しい砲撃戦の結果、甲巡一隻を撃沈、一隻を大破、駆逐艦一隻撃沈という戦果を挙げて、敵艦隊を見事に退去せしめた。わが方の損害は、「古鷹」が中破程度の被害を受けた模様であり、その他については判明していない。

また一方、今日は九駆の「夏雲」をはじめ味方の艦船が空襲を受けたらしく、特に「夏雲」は左舷に傾きつつあり、「救助に向かえ」という親展電報が入電して来た（この親展電報とは、艦長または司令部幹部だけしか見ることのできない大事な電報である）。

針路百三十度にて之字運動を行ないつつ南下。

〇一三〇（午前一時半）頃、重油船健洋丸と日本丸が、「涼風」に護衛されて現われた。明日の挺身攻撃隊に加わる第二水雷戦隊、「五十鈴」などが補給を開始し、午後六時頃には全部終了。そのあと、補給船などは反転北上、予定の如く行動を開始した。また、重油船と同時に、十五駆逐隊（親潮、黒潮、早潮）とも合同した。

ガダルカナル島方面の状況も、敵が頑強に抵抗を続けているので、挺身攻撃隊も苦戦であろうと思われる。明日に迫る攻撃に、同隊の乗員たちの心境はどうであろうか。今夜あたりは眠れないかも知れない。あとに残る四、五戦隊、二航戦及び「電」「敷波」「陽炎」は、みなこの壮挙の成功を心から祈願するばかりである。

十月十三日、火曜日、半晴。ガダルカナル島空襲に成功する——。

昨夜十時半に赤道を通過し、なお引き続き南下を続ける。敵潜水艦の潜伏海面を突破し、今早朝、二航戦より索敵機を発進せしめ、前方三百カイリを索敵したが敵を見なかった。〇三三〇（午前三時三十分）、挺身攻撃隊が分離した。同隊は、戦艦二（金剛、榛名）、軽巡一（五十鈴）、駆逐艦九（十五駆、二十四駆、三十一駆）の大部隊で、今夜砲撃を実施する予定である。

残る本隊は、薄暗い海上にて帽を振りつつ武運と成功を祈り、長官より攻撃隊に対し、次のような激励の信号を送る。

「天佑を確信し、奮闘せよ。貴隊の成功を期待す」

これに対し、攻撃隊指揮官より、

「御期待に添わんことを期す」

元気な返信があった。

二航戦から、同隊の上空へ護衛の哨戒機七機（艦戦五、艦爆二）を配備。

本隊は後方より南下しつつあるも、もうこの辺まで来ると、通信室から艦橋のスピーカーを通じて、刻々と情報を伝えてくる。

数多くの情報の中でも良かったのは、ガダルカナル島に対する空襲の成功である。今まで、ガダルカナル島は空襲がなかなかでき得なかった。それが、今日初めて成功したのだ。「第一次、第二次ガ島空襲に成功す」と報ぜられ、そのこともあって、

「今夜行なわれる攻撃隊の砲撃も容易だろう」

参謀や艦長が、そのように話していた。

そのほかにも、「敵大部隊見ゆ」とか、ガ島湾内の状況などについて、刻々と着電あり。

また、空襲の戦果についても、ガ島基地指揮官より、「地上にありし敵飛行機多数が炎上、各所に火災を起こし、戦果大と認む」と、喜ばしき報告あり。

本隊は、母艦を後に残して、現在の敵情にかんがみ、三戦隊を掩護し、予定の如く行動させるため、急速に南下しはじめる。駆逐艦の護衛もなく、重巡四隻だけで針路百七十度を以て南下した。間もなく、未曾有の砲撃戦が始まることであろう。

ガ島艦砲射撃開始

十月十四日、水曜日、晴。挺身攻撃隊と合同、ガダルカナル島砲撃に成功す――。

昨夜十時半より、高橋一水は当直に立つ。任務についていると、三戦隊の状況が、艦橋の拡声器に刻々と響いて来る。「三戦隊射撃用意」「射撃開始二三三五」などなど、種々連絡されている。

そして、いよいよ二三三五となるや、

「撃ち方始め！」

この下令とともに、まず、

「『金剛』初弾発射！」

続いて、

『榛名』発射！」

さらに、観測機より、

「オーバー」「近」「左一〇」「右一〇」「命中！」

撃つごとに知らせがある。

二四〇〇（零時）頃には、

「飛行場火災！」

朗報が入ってくる。艦内は大歓声に包まれる。

無線測距を持つ三戦隊だから、照射せずとも命中率は大であり、弾丸も三十六センチ砲弾と大きいので、その戦果も一段と大きいことであろう。未だ、その戦果のほどは知ることはできないが。

昨夜から、戦闘服装に着替えて張り切っている。三時起床とともに配置に付く（夜半九十度に変針、早朝反転し、また、北上した）。戦闘見張員は、四直より二直となり、各艦水偵を発進し索敵したが、なんら異変はなかった。

「敵影を認ず」

ただ、この報告があっただけである。

七時半頃、敵大艇が一機触接したので、「高雄」が直ちに発砲、敵機はいち早く退散してしまった。

一一〇〇、攻撃に成功した挺身攻撃隊が、後方より高速にて合同して来た。なんらの被害

も損害もなく、無事に姿を見せたので安心した。直ちに、長官より攻撃隊宛、

「御成功を慶祝し、司令官以下一同の労を多とす」

祝福の信号を送った。

「五十鈴」及び二十四駆逐隊は先行、健洋丸に補給に向かった。

正午、防暑服に着替え、当直も四直となった。

一六〇〇、「敵機動部隊北上しつつあり」との情報に、四、五戦隊、二航戦及び駆逐艦三隻は、針路零度より百八十度に変針した。

明早朝、索敵機を発進して敵情偵察の上、発見できなければ再び北上予定である。

また「二航戦の戦闘機より成る制空隊は、ガダルカナル島上空を制圧し、基地に帰投せよ」という命令が、連合艦隊司令部よりある筈と聞く。


十月十五日、木曜日、晴。二航戦機、敵大艇を撃墜す——。

長官と参謀長、先任参謀と航空参謀、この四人の最高幹部が艦橋で盛んに作戦を打ち合わせている。前者の将官二名が、「ガ島を爆撃しよう」と言えば、後者の佐官二名は、それを否定して反対。種々、すったもんだと協議していたが、結局、後者の勝ちとなったらしく、ガ島爆撃は断念した。

また、二航戦司令官より、「制空隊を出しては、爾後の作戦に支障を来たす。何故なれば、熟練せる戦闘機隊を失っては、爾後の空母決戦に支障を来たす」との信号あり。

作戦とは、なかなか、難しいものである。

南海の月は、三ヵ月形に西の空に静かに浮かんでいる。日没後より、また戦闘服装に着替え、針路を五度面舵を取り、百八十度にて南下中である。

今早朝、二航戦から十八機よりなる戦闘機隊の制空隊を発進する。この戦闘機は、ガダルカナル島の上空を制圧すべく向かったのである。それと同時に、各艦より水偵機の索敵機を発進せしめたが、いずれも、「敵情を得ず」との報告であった。制空隊も、七時半頃、無事に帰投した。

ガ島より北東方向三百カイリ付近の海面を、四方に転舵し、待機しながら戦機を待つ。〇八三〇、敵大艇一機が現われ、触接をはじめる。本隊上空の直衛戦闘機三機が、直ちにこれに向かい、雲間に空中戦を展開、一瞬にしてこれを撃墜した。そして、戦闘機は、何事もなかったかのように、ゆうゆうと編隊で帰って来た。

「五十鈴」及び十五駆逐隊は補給を終了し、早朝、合同した。

今日もまた、艦橋のスピーカーから戦闘の状況が、ひっきりなしに響いてくる。

「熊野」の水偵より、「〇七三〇、敵護送船団見ゆ。商船二、巡洋艦一、駆逐艦三。われ触接を確保す」。また、「別に巡洋艦一、見ゆ」などの情報が、索敵機からぞくぞくと入ってくる。

連合艦隊司令長官より、二艦隊、三艦隊長官宛、

「機動兵力の一部をもって、索敵せる護送船団を攻撃、殲滅せよ」

命令が下る。直ちに、三艦隊から攻撃隊が発進、攻撃に向かわせる。

一一三〇、「われ突撃す」と報ぜられたが、間もなく、

「巡洋艦撃沈す！」

朗報である。まだ攻撃を続行中らしい。いずれ、良い戦果が上がることだろう。

その少し前の十時十分、連合艦隊司令長官より二艦隊長官宛、

「敵情これを許さば、大巡二隻をもって、今夜、ガダルカナル島を砲撃せよ」

との命令があり、直ちに五戦隊（妙高、摩耶）に指定され、それと三戦隊が合同し、さらに二水戦も加わって、これに向かうことに決定した。砲弾数、標準四百発と聞く。

現在、十二時前である。そろそろ、戦果が入る頃だ。二直配備より四直になって、やっとひと息ついた。

一二〇〇、挺身攻撃隊が、分離進撃した。長官より、また次の激励信号が発せられた。

「天佑を確信し奮闘せよ。貴隊の成功を期待すること大なり」と。

午後は、大した戦果は発表されなかった。「翔鶴」より、「鈴谷機発見の、敵護送船団の攻撃隊発進せり」との報があり、その戦果を待ったが、なかなか報ぜられず、スコールのためか、ただ、「輸送船一隻、巡洋艦一隻火災」それだけの報告があった。そのほか、特に得るところなし。

夕刻まで、針路を北に向け、暗くなってから二航戦とも別れて、本艦と「高雄」だけが南下した。

十時より攻撃隊の砲撃が始まる予定だったが、やはり、スコールのためか思うようにゆかず、十二時頃から開始し、無事成功した模様である。

今度の作戦は今までと違い、徹底的にやっつけるのだ。今度こそは、敵も胆を潰して敗走し、天目山のガダルカナル島の占領も間近ではないかと思われる。この南太平洋より敵を追い払い、ソロモン諸島の各所に日章旗が翻るのも、さほど遠くはないであろう。早くその日が、その時が来ないかと、みな必死になって戦っているのだ。

なぜなら、もちろんのこと、国の為であるとはいえ、本当のお腹の中は、一日も早く勝って、母港へ帰りたい。その一心であり、それが念願である。

南太平洋で見る月も

十月十六日、金曜日、晴。靖国神社臨時大祭、戦闘服装のまま遥拝式——。

今日もまた、上天気である。麾下の各隊とも別れて、「高雄」と共にわずか二隻の兵力で、挺身攻撃隊と合同すべく南下した。しかし、遂に合同できなかった。

〇八〇〇、「高雄」より、「敵大型機見ゆ」との報に反転、二十四ノットにて北上したが、味方艦戦が二機重なって見えたらしく、それを敵大型機と見間違えたようだ。

その付近には、味方戦闘機がいるだけであった。だが、「高雄」はさも本当らしく、「マーチン168D型の双発機なり」なんて報告して来た。

また、三戦隊及び二航戦と合同間近になる寸前、「高雄」から、「マスト見ゆ」と報告が来た。そのため、長官や参謀長より、「本艦の見張りは駄目だねー」などと言われて、一同残念でならなかった。

しかし、その方向に四十分も進航しても何も見えない。逆に、違った方向から同隊が見えて来たのには驚いた。「高雄」からのまったくの誤認報告に、見張員一同、だいぶ「カーブ」を下げてしまった。

発進中の索敵機より、「敵機動部隊見ゆ、ガダルカナル島飛行場の南東六十カイリ」と報ぜられる。

連合艦隊長官より、「第六空襲部隊（第十一航空艦隊＝陸上基地部隊）は、これを攻撃撃滅せよ」と発令される。

一五〇五、その地点に達したが、敵はすでに遁走、付近を捜索せしも姿はなく、遂に、引き返した。

一六三〇、針路を西に変じて、明朝、二航戦のガダルカナル島空襲敢行を掩護する予定である。

いよいよ、月も大きくなり、皓々と上空に輝いている。内地の月もこの同じ月かと思うと、なにかしら懐かしく感じられてくる。

十月十七日、土曜日、快晴。ガダルカナル島空襲、失敗に帰す――。

西へ西へと進んで、ガダルカナル島近くに来た。

○三三〇、早朝、予定の如く、艦攻隊、艦戦隊合わせて四十機が発進。上空を一周して、爆撃に向かった。成功を心から祈りながら、艦隊は直ちに針路を北に変えて、速力二十四ノットにて北上した。

艦隊のその期待も空しく、○八○○、報告によれば、それは残念な結果であった。

わが艦攻隊は、五百キロの爆弾を抱いて攻撃に向かったが、敵もさるもの、上空に戦闘機隊が哨戒していた。その網にかかり、敵三十機と交戦、その十四機を撃墜し、敵巡洋艦一隻、駆逐艦一隻を爆撃したが、命中しなかった。しかも、わが方の損害も甚大で、艦攻十機、艦戦一機が自爆または未帰還という結末であった。極めて残念であるが、これも訓練不足が最大の原因であったようだ。

以前の一、二航戦（赤城、加賀、蒼龍、飛龍）が健在の頃であったならば、絶対にこんな悲惨な結末になることはなかったろう。

○九一○、三十一駆逐隊及び「涼風」と合同。これから北上し、明日補給の予定である。

今夜、五戦隊及び「五十鈴」が、日本丸と合同し、補給する。

今日は神嘗《かんなめ》祭で、遥か皇居に向かって遥拝式を行なった。

十月十八日、日曜日、快晴。二十日に総攻撃を敢行決定――。

昨日ガダルカナル島空襲を敢行したあとどんどん北上しつつあり、夜半に重油船日本丸と合同し、直ちに駆逐艦から補給を開始した。暗いうちに起こされて、朝の昼夜戦転換の教練配置に付けの号令とともに配置に付き、早朝訓練を実施する。これは、航海中なら毎朝夕に行なわれることで、特別に記すべきものではない。

早朝訓練が終わると、直ちに横付け、補給準備に取り掛かる。六時より曳航補給を開始し、一時間半で終了して離れる。日本丸は、今までにだいぶ補給したとみえて、赤腹を出し、吃水線が大きく浮かび上がっている。

一方、健洋丸はすでに空船になり、トラックに向かっている健川丸より移載し、また、当方面に進出する予定。日本丸も、重油の残量を「高雄」に全部補給して、十一時頃分離、補給基地へ向かった。

一一三〇、十一戦隊（比叡、霧島）、旭東丸等と合同し、午後三時よりまた補給を開始した。反対舷には「高雄」が補給し、終了後、横付けを離す。

この補給が終了すれば、また南下して、明後二十日、陸軍の攻撃と呼応して総攻撃が開始される予定である。また、この行動が予定どおりにいってもいかなくても、今度の作戦行動は今日一杯、航海の予定らしい。これは、なんといっても、最長の航海になるかも知れない。

十月十九日、月曜日、快晴。「飛鷹」の艦戦一機、行方不明となる――。

「飛鷹」は、昨夕、三戦隊及び五戦隊と分離、本隊及び二航戦と共に別行動隊として行動、針路百八十度にて南下した。先に、二航戦のガダルカナル島空襲の際、ブイン基地に不時着した艦攻一機を収容すべく、この行動を開始したのである。

早朝、前路哨戒機の艦爆四機と、目的とする不時着機誘導の艦攻二機とを同時に発進せしめ、各々、任務に向かった。また、対潜直衛機として、各艦の艦載水偵も発進され、上空を飛び廻っている。

今日も、空は紺碧に晴れ渡り、気持ちの良い航海である。

高橋は、昨夜、同年兵で同郷である東京・大森出身の戦友・伊藤一水（准士官室従兵長）に頼んで、風呂に入れてもらった。洗濯物も、この時とばかりにたくさん持ち込んで、風呂場で洗った。身体の垢をボロボロ落として、誠に綺麗さっぱり、良い気分を満喫した。しかし、すっかり良い気持ちになって、夜の海上を渡ってくる涼しい風に吹かれながらぐっすり眠ったのが悪く、その夜風に当たったせいか、朝起きてみると、なんだか身体が非常にだるい。

不時着機を整備し、それを空輸で基地に移動させるため、三機の水偵に整備員を乗せて出発させたが、天候不良のため引き返してしまった。

本隊も、間もなく反転、針路を六十五度とし、三、五戦隊と合同すべく北東に進んで航行中である。

スコールの名所ともいうべき南洋の海も、近頃はスコールのない上天気が続いている。われわれ人間たちの戦争のあわただしさをどこ吹く風といわんばかりに、海上はあくまでも静かである。それに、その海上を飛び交う海鳥の群れも、また、艦の行く先に潮を飛び越えて逃げまどうイルカの群れも、それは誠にのどかで平和的で、これが本当の自然の姿なのだと、つい反省的な気分になる。特にイルカは規則正しい泳法で、艦と競争するかのように同行している。実に可愛いいものである。

また、夜ともなれば、月は皓々と輝いてあくまでも明るく、その明るさゆえに敵潜水艦に狙われるのではないかというような艦隊の心配などどこ吹く風、と無視している如きその月の姿、自然の在り様。これもまた、平和な光景である。

海鳥たち、イルカたち、そして月、それらは、しばしば戦争を忘れさせる。

こうして、軍艦や飛行機以外、眼に入るすべてのものがより以上に平和なように見えるのも、これはまた、戦場にいる戦人《いくさびと》なればこそ、感じられる思いなのだろうか。統計によると、人間の歴史を振り返ってみると、平和よりも戦争をしている年月の方が長いという。人間とは、よくも戦争をする動物であることか。それほどに、平和を長く維持するということは難しいものなのだ。

そういう思いが深く胸に染みる戦闘航海中の感慨である。

今日は三、五戦隊と合同し、同時に南下。極東丸より各駆逐艦の補給を行ないつつ、総攻撃の準備に忙しい。しかし、その総攻撃予定も、戦備の都合のため、明朝二十二日に延期されたらしい。

各索敵線の哨戒機から、敵部隊に関する報告が、刻々と入ってくる。それらによると、敵艦隊も勢力が減退したらしく、大きな部隊ではない模様だ。だが、油断は禁物だ。二十二日までには、陸軍の総攻撃を支援するため、相当に近寄るらしい。

「ガダルカナル島奪回後、二航戦の航空兵力の二分の一を派遣する予定である」という信号を発信した。この信号が発信されたところを見ると、今度は是が非でも奪い返す心算らしい。一日も早くそれが実現せんことを、心から祈っている。

十月二十一日、水曜日、快晴。陸軍の総攻撃二十三日に延期さる。伊一七六潜、敵戦艦テキサス型に魚雷二本命中――。

今早朝、ガダルカナル島を去る三百カイリの圏内に達した。「隼鷹」から索敵機（艦爆八機）、「妙高」「高雄」から零式水偵二機を発進。一時、東に進み、また反転し西に向かいつつ、索敵機からの情報を待ったが、各索敵機とも「敵影認めず」との報告で、直ちに索敵機を揚収し、北上した。一時は戦闘服装に着替えて張り切っていたが、北上と同時に、また防暑服に着替えた。

昨夜八時頃、「飛鷹」で火災が発生した。九時頃鎮火したが、速力も二軸のうち一軸を使えなくなったため、一軸十二ノットしか出なくなり、分離して、置いて来てしまった。「隼鷹」だけ同行したが、索敵機発進と同時に、また合同させるべく分離、本隊は北上を続ける。一五三〇、二航戦とまた合同。これと同行中の旭東丸より駆逐艦が補給を開始する。明日は、巡洋艦戦隊も、すべて補給を受ける予定と聞いている。

朝八時ちょっと過ぎ、潜水艦より良いニュースが入って来た。伊第一七六号潜水艦長よりの報告である。

「昨夜六時、ガダルカナル島南方三百四十カイリの地点において、敵大部隊＝戦艦二、大巡二、駆逐艦六を発見。敵は針路百七十度にて南下中を、七時に至り、戦艦二隻（テキサス型。練習戦艦ニューヨーク型と同型）に攻撃を加え、魚雷二本を命中せしめた。二分後に、二つの大爆発音を聞きたるも、敵駆逐艦の三時間にわたる爆雷攻撃を受け、確認不明なるもわが方、被害なし」

この報告は直ちに艦内に放送された。報告の内容によれば、確かに撃沈したと思われる。なお、陸上基地の各索敵線の飛行機からは、敵情報が続々と入ってくるが、相当に遠いとみえる。こうして、毎日々々同じように索敵に向かうこれら搭乗員の労苦も、並みたいていのものではないであろう。誠に、察するにあまりありというべきだ。

一九〇〇、連合艦隊司令長官より、「『Y』日は、二十三日に改む」との電報が来たが、それは確か明日敢行する予定の総攻撃の日であろう。また、一日延びたわけである。

今夕、「配置に付け」の命令があり、配置に付いていると、四分隊長が来て、空の十三夜の良い月を見上げ、「誰か一句作ってみろ」と言う。みな笑っていたが、

「競争だぞ。教練が終わるまでに、川柳でも俳句でもよろしい、一句ずつ作れ」

と、つづけての分隊長の命令である。この士官、なかなか風流である。戦いの中にあっても、このくらいの余裕は欲しいものだ。

この時、一等賞になった名句は、「夕月や　配置で語る　攻撃談」なかなかのものであった。

その名月、十三夜の月は、何事もなかったかのように、また、何事も起こるはずもないかの如く、静かな海面を照らしている。

毎日のように、夕刻近くになる頃より、重油船と合同、夜半近くまで補給を行ない、そして、早朝までに所定の位置まで南下、そこで索敵機を発進せしめる。と同時に、直ちに戦闘服装に身を固めて艦上からの索敵、状況に応じ行動するのであるが、それらの索敵も、毎日、なんら異状がない。そういうことを、連日、繰り返している。今日も同様で、昼食後からまた防暑服に着替えた。それから間もなくである。

また、索敵線上の飛行機から、

「敵発見、敵戦艦二、大巡三、駆逐艦数隻南下中、速力二十ノット」

と報じて来た。

そのほか、三十一航空隊（ブイン基地）の飛行機が、「敵甲巡に爆撃を加え命中、火災を起こしたが、その後の状況不明」など、続々と良い知らせが入って来る。

「飛鷹」の火災の状況も大したこともなく、今日は共に行動した。

いよいよ、ガダルカナル島に対する陸軍の総攻撃が明夜に迫り、第二師団（仙台）及び第三十八師団（名古屋）の大部隊が、その総攻撃を敢行する予定である。この第二師団は、陸軍の精鋭部隊である。その師団長・丸山中将より、「戦備万端遺憾なし。勝算すでにわれにあり」そういう意味の自信溢るる如き電報がもたらされた。全く頼もしい限りだ。

いよいよ、陸海共に無敵の陣を張り、総攻撃にかかるとあれば、さすがのアメリカ軍も今度こそは参ることであろう。そうあらねばならない。

しかし、油断をしてはならない。情報によれば、敵は他にも飛行場を完成させ、すでに使用しているとのことでもある。だから、そうやすやすとは奪還できまい。心を引き締めてかからねばならない。

一五〇〇より、旭東丸から曳航補給を行なう。各艦少しでも多く搭載して、明日からの総攻撃に備えるべく行動している。本艦も、取り敢えず、わずか四十分あまりであるが横付けして、百五十トンの重油を搭載した。見ると、旭東丸もすでに赤腹を出しているので、残り少ししかないらしい。その旭東丸の反対舷に横付けしていた「高雄」も、一時間足らずの補給で、これも百五十トン余りの搭載で離れた。そのあとから、駆逐艦などにも続々と補給した。針路を百八度に保ちつつこの補給を完了し、明日からの作戦に備える。

日本軍に、多幸あらんことを祈る。

十月二十三日、金曜日、曇りがち。スコール。総攻撃開始さらに一日延期――。

艦隊は南下を続け、ガダルカナル島の北東二百五十カイリに接近。いつもと同じく索敵機を発進、針路百三十度に変針。索敵の状況を待ったが、相変わらず敵を発見できず、索敵機が帰ると同時に北上。

早朝、起床と同時に戦闘服装に着替えたのを、昼食後よりまた防暑服に着替える。これでは、毎日、服装の着替え訓練みたいである。

○七〇〇、今日は、靖国神社例大祭の遥拝式を行ない、三十秒間の黙禱を捧げる。皇居の方向に向かい、護国の英霊に対し、冥福を祈った。

夕方五時から総攻撃が敢行される予定であったが、いかなる状況か、第十七軍（陸軍）より総攻撃を一日延期するとの電報があった。乗員一同、大いに張り切っていたので、思わずガッカリ。四時に、また反転、北上した。

航海長の話を聞くと、

「敵が今夜増援部隊を上陸させるので、どうせやっつけるのなら、その上陸軍もろともに皆殺しにするんだよ」

そんな冗談を言っている。お楽しみは、一日延期されたといったところだ。

艦長も近頃身体の調子が悪いのか、大好きな煙草も今日は朝からやめている。なんだか、手持ち無沙汰な、淋しそうな顔をしている。

第五章　ガ島総攻撃開始

南太平洋海戦

十月二十四日、土曜日、曇。ガ島総攻撃開始――。

今日もまた、昨日と同じく索敵機を発進せしめたが、なんら手掛かりなし。同一海面を、西に東に艦首を向けつつ、十六ノットにて航行し、十時より針路を百八十度に定針、南下しはじめた。

航空戦隊の「飛鷹」は、先日、火災を起こして機関に故障を生じたので、遂に、この大作戦を目前に脱落した。航空母艦一隻を参加不能としたことは、今後の作戦に重大なる影響を及ぼすことになった。「飛鷹」はトラックに廻航し、「明石」(工作艦)に横付け修理することになるらしい。そのため、旗艦を「隼鷹」に移すとともに、搭載機も同艦に移した。

早朝より、全員、戦闘服装に着替え、待ちに待ったガダルカナル島の総攻撃を支援せんと、みながみな、揃って張り切った出で立ちである。

南太平洋の静かな海をどんどん南下。一六〇〇、ガ島の三百カイリ圏内に達した。総攻撃開始の一七〇〇（午後五時）には、もう時間も迫って来た。

陸軍第十七軍司令官（百武中将）より、「一七〇〇、飛行場突入予定」との電報が入る。

「夜戦開始後に、湾内から逃れ出して来る敵の救援部隊の艦船と会うかも知れないから、緊張して見張り警戒をなせ！」

厳しい注意が発せられる。

一八三〇頃、艦橋で参謀たちが、

「ガダルカナルは、大したことはないらしいぞ」

こう話し合っていたところをみると、作戦は好調に行っているようだ。

今夜は、四直配備なので、当直が終わってひと休みする頃には、良いニュースを知ることができるかもしれない。思わず、心が弾んでくる思いだ。ニュースを早く耳にすることができるということ、これが司令部と艦橋にいつも一緒にいる航海科員の役得である。

一九二〇、この時分には、ふだんなら満月のまん丸い月が、もう海上を明るく照らしているはずであるが、ここ二、三日は曇りがちで、隠密行動のわが艦隊にとっては天佑とでもいおうか、低い雲が海上に垂れこめて、せっかくの名月も見えない。

しかし、そんな風流なことは言っておれない。決戦下にある立場を忘れてはならない。それでも、雲を通すおぼろ月夜に、薄くぼんやり見える海上。これは、見張りを厳重にするにはもってこいの天候であり、これもまた天佑というものであろう。

だが、九時までには何の情報もなく、当直を終わる。

思えば、ガダルカナル島は、いま、大激戦のまっ最中であろう。多数の将兵が、その激戦の最中に護国の鬼と化しつつあることを想うと胸がつまる。こうして、離れた海上にあってその成り行きを見つつある自分たちの立場を、ある面では幸せであると、いまさらながら感じる次第である。

そのガ島の飛行場は、最近、わが艦隊の砲撃によって滑走路が散々破壊され、ボーイングB17F四発の重爆も飛び立てないらしい。それでも、戦闘機だけが辛うじて飛び出せる程度であるとのことだ。

今日の昼頃の電報によると、敵はのんびりしたもので、総攻撃の前、広場でテニスをやっていたとかである。まったく、ヤンキーらしい連中だ。

先ほど艦橋で、通信参謀であろう、「ガダルカナルは、大したことないよ」と言っていたが、漠然としていて、これでは言葉の解釈に迷ってしまう。わが軍が優勢であるのか、劣勢なのか。どちらなのか、どう解釈すべきか、まったく判断に苦しむが、やはり、優勢であるというほうを信じることにしよう。そうでなければ救われない。

十月二十五日、日曜日、曇後晴。戦況熾烈化す——。

〇一三〇、海上低く垂れこめていた雲が、次第に晴れて来た。月明かりはあるが、まだ、東の空は明るくならない。そういう朝ぼらけである。

艦橋には、長官も艦長もいない。当直参謀と哨戒長だけだ。あとは、航海当直の信号兵と見張員だけである。陸軍の第十七軍がガダルカナル島を占領したので、安心して休んだのか。それも、さっぱりわからない。月は薄明るく海上を照らし、ガダルカナル島激戦の阿修羅図とはおよそ正反対に、誠に波も静か。何事もないようなその雰囲気は、むしろ、なにか不気味な感じを辺りにただよわせている。

艦橋も、物音ひとつしない沈黙が続いている。波の音も耳に入らぬ。定期的に報告する見張員の声。

「左前方異状なし、二番」

「右前方異状なし、一番」

うなずく哨戒長、

「よーし！　了解！」

こうして、哨戒長は砲術長に、当直参謀は副官に替わる。この二人は、海兵同期だという。仲良く話がはずんでいる。その話が、ガ島の話になった。

「ずいぶんはやかったなあ。九時には右翼が突入し、十二時にはもう占領したんだってねえ！　うーん、陸軍もさすがに強いねえ！」

「飛行場を占領してしまえば、もうこちらのものさ」

「いま頃は、残敵掃討で、さぞ大童の状況だろう」

二人は、大声で話し合っている。司令部の幹部や、艦長、副長なども喜んでいるらしいが、まだはっきりした戦局はわかっていない。敵もさるものだ。いつ反撃し、戦局がどう変わるかも知れない。

果たして、こんなにやすやすと奪還できたのであろうか。ちょっと、不安になってきた。大丈夫だろうと思うのだが。

早朝、ガダルカナル島の東南方百五十カイリに近づき、各艦より水偵を発進し、索敵をはじめた。今日は、何か見つけてくるかと期待していたが、やはり、何も得るところはなく帰投した。この方面は天候が悪化して、なかには、途中で引き返してきたものもある。

昨夜半からスコールで、それもガ島は物凄い豪雨であったと聞く。その余波で、また天候が悪いのかも知れない。しかし、これも艦隊にとっては幸いで、天佑というべきではないだろうか。雲の下に入っておれば、われわれ艦隊も敵に発見されにくくて助かる。

それにしても、誠に残念なことが今朝になってわかった。それは、昨夜の電報は全然間違いで、敵の飛行場は、まだ占領していないということである。今朝もまだ、飛行場付近で交戦中であると聞く。

「このぶんでは、占領するまでには今月いっぱい、あるいは、もしかすると来月までかかるかも知れない」

そう艦長が言っていた。なにか、自分の予感が当たったようで、心苦しく感じられる。

なにしろ、深い密林地帯であるから、大砲などは通れないらしい。大変な難行軍であるらしい。しかも、敵はまだ余裕綽々《しゃくしゃく》としているようだ。侮ってはならない。しかし、今にきっと、その鼻をあかす時が来るであろうことを心から信じている。

〇七三〇、どこから飛んで来たのか、四発のボーイングB17Fが触接してきた。直ちに、「隼鷹」より戦闘機が発進され、雲の上で空中戦を展開したが、相手は「空の要塞」といわれるほどの性能と装備をもつ飛行機だけに、速力も優れ、しかも、二十ミリ機銃が命中しても、それがなかなか貫通しないほどである。遂に、水平線の彼方へ逃げられてしまった。

もう少し、雲でも少なければ良かったのであろうが、さすがに「空の要塞」といわれるだけのことはある。残念ながら、取り逃してしまったようだ。艦長や副長は、面白がって、空中戦を見ようとして見張員の眼鏡を横取りしてしまったり、残念がったりしていた。

一方、第六駆逐隊の三隻（「電」欠）が、ガダルカナル島方面に突入し、敵軽巡を発見したのだが、逃げ足の早い敵は、いち早く逃走してしまった。しかし、その後、駆逐艦一、輸送船一、交通艇一を発見、これを撃沈した。

また、第四水雷戦隊も湾内に進入、陸上の敵陣地を砲撃すべく突進した。その時、敵の艦爆九機が来襲、これと交戦し撃退したが、旗艦の「由良」が艦橋に爆弾を受け、さらに、魚雷一発を見舞われた。しかし、大した被害にならず、魚雷も爆発しなかったので、沈没は免れた。不幸中の幸いであった。そのほかの艦は無事であった。

一一三〇、「隼鷹」の艦戦十一機、艦爆十二機が、ガダルカナル島の敵陣地爆撃に向かった。午後一時頃、その上空に到達し、直ちに敵陣地に猛爆を加え、爆撃に成功した。

午後は、玄洋丸と合同、すぐに駆逐艦に補給を開始。四時に、針路を零度、速力十二ノットとなし、北上。九時よりまた南下。本隊の補給を行ないつつ、明朝三時半までに予定の位置に進出し、索敵を行なう計画である。

月が、皓々と東の空に昇りつつある。

攻撃隊からの朗報

十月二十六日、月曜日、晴。機動部隊の大戦果、夜戦決行、またも不運——。

昨夜、玄洋丸より補給を受けるため、十一時頃、南下しつつ横付け曳航補給をしたが、機動部隊のほうには敵機が来襲し、「筑摩」「翔鶴」が軽微の被害を受けた。「翔鶴」のほうは大したことはなく、戦闘には差し支えはない。しかし、「筑摩」は戦闘不能となり、やむを得ず、トラック島に回航することになった。

このため、補給を直ちに中止、わずか七十七トンしか搭載せず、前衛部隊（七、八、十一戦隊）は反転、零度に定針し、速力を十二ノットに落として北上。

早朝〇三三〇、予定どおり、「妙高」「高雄」の三座水偵二機を発進、索敵に向かった。機動部隊は、すでに敵と接近し、飛行機をもって攻撃中。本隊の方には敵らしい艦隊の姿は見えず、もっぱら、機動部隊の方に向かって敵艦隊は集中している模様である。

そのため、この際ガ島の支援を一時中止し、針路を一転して百二十度とし、速力を二十六ノットに上げて、真っ直ぐ敵艦隊に向かった。

この間、敵の四発大型爆撃機や同じく四発の大艇が触接して来たりしたが、目的の敵艦隊

（空母群）の姿は、遠く微かに見たものの、すぐ水平線の彼方に隠れてしまった。

そのうち、機動部隊の戦果が続々と入ってくる。良い戦果のニュースが入るごとに、艦内に歓声が上がる。なにしろ、攻撃隊からその行動が手にとるように直接に報じてくるのだから、堪らないほど刺激的である。

「攻撃隊形をとり、全軍突撃せよ！」

「今より敵空母を攻撃す！」

次々と報告されてくる。間もなく、

「敵サラトガ型空母二隻大火災！」

「空母二隻大傾斜！」

朗報が入るたびに、またまた、大歓声が上がる。結局、今まで（一七〇〇）に判明したる「瑞鶴」の戦果は、
撃沈＝戦艦一、空母一、艦型不詳一。

航行不能＝空母一隻、左に大傾斜中。

そして、駆逐艦一大破、飛行機撃墜三十五機以上。

この赫々たる戦果は確定的なものではないが、水上部隊はなお敵残存艦隊に向かって夜戦をすべく、二十六ノットの高速で突進中である。

敵には、まだ空母一、巡洋艦三、駆逐艦六が残っている。しかし、その空母も航行不能らしく、これを放棄して南方に集結中と、わが方の触接機より報告があった。そのほかにも、

敵の主力として、戦艦四、大巡一など、駆逐艦を従えた大部隊もいるらしい。こちらの機動部隊からは、第一次に次いで、第二次、第三次と攻撃隊を次々と発進している。

やっと第一回目の昼戦が終わったところ、艦内の喜びは大変なものである。今まで毎日、愚痴をこぼしていた高橋であり、みなであったが、今日は、「やはり、この日の来るのを心から待っていたのだ」と、しみじみ感じるとともに、艦内は喜びと歓声に包まれている。先に放棄された敵空母は、急に大傾斜し、炎上中と報じて来た。

一方、「隼鷹」を旗艦とする第二航空戦隊は分離し、機動部隊に合同すべくこれに向かうことになった。今夜、夜戦を決行するためである。

水上部隊の突撃

今日は、一日中、艦橋のスピーカーが鳴りっぱなしで、次々と戦況を伝えている。すでに（一四三〇）、「五十鈴」及び「摩耶」の九四式水偵が発進され、夜間触接に向かっている。

午後三時に、機動部隊前衛隊と合同した。かくて、わが軍は戦艦四、重巡六、軽巡二、駆逐艦十二の大部隊である。その時、連合艦隊司令長官より、「支援部隊は、敵残存部隊を撃滅すべし」と命が下ったが、すでにその目的に向かいつつある時であった。

合同とともに、一六三〇、軽巡及び駆逐艦が、先行して追撃に向かった。彼らは、艦尾に広い航跡を引き、高い波を盛り上げて、三十ノットの高速を誇るかの如く颯爽として追撃に向かう。

なんたる勇壮な光景であることか！

この素晴らしい姿を眺めて、なんとなく、彼らに先に功をたてられるのではないかと、羨ましいような感じがしてくる。問題のガダルカナル島など、気にも留めなくなる。

一七〇〇、いよいよ、敵艦隊との距離六十カイリに迫っている。乗員一同、千人針を腹にしっかりと巻いて、心身ともに大いに張り切っている。そこへ、先行の「隼鷹」から戦果の報告がやって来た。

「空母三、戦艦二、巡洋艦三、駆逐艦五を伴う敵部隊に攻撃を加え、航空母艦一隻に魚雷三本命中し、轟沈と認む。巡洋艦一、大火災」

さらに、機動部隊の攻撃開始とともに、

「空母三、撃沈または大破、巡洋艦一、大破と認められる」

などなど、次々に各隊より戦果の朗報が入ってくる。

一九三〇、先の航行不能、炎上中の敵空母の炎が見えはじめて来た。つい少し前まで、敵駆逐艦がこの炎上中の空母を自ら砲撃していた。これを沈めるためであろう。しかし、本艦が到着する寸前、その駆逐艦は遁走し、前方四十キロメートルを三十ノットの高速で逃げている。

わが方が二十六ノットの速力で追いかけても、とてもこれに追いつけるものではない。そのうえ、逃げる駆逐艦の前方には、敵の残存部隊もいることであろう。彼らも必死で逃げているので、なかなか追い着けない。わが方の触接機が吊光投弾を何回も落としているので、ずいぶん近くに見えるのであるが、とはいえ、やはりかなり遠い位置を逃走しているのだ。先行した味方駆逐艦も、遂に追撃を断念した。

二二〇〇、夜戦を打ち切り、反転。針路二百七十度にて西進する。

炎上しつつある敵の空母は、相当大きい。商船を改造した空母のようである。それが、全艦火に包まれて燃え上がっているのだが、見ていると、鉄の船が良くもあんなに燃えるものかと、不思議に思うほどに燃えている。しかし、こんなに燃える前に、敵はこれを曳航しようとして、甲巡二隻にて曳航作業に取りかかったのだが、遂に断念。そこで、駆逐艦二隻でもって砲撃し、炎上させたらしい。

その間に、連合艦隊司令長官より、「敵空母を捕獲し、曳航せよ」との命令が来たのだが、火災が甚だしく、とても近寄ることもできないため、それは駄目であった。曳航して持って帰ることができれば、それこそ誠に良いお土産である。修理をすれば、航空母艦が一隻、日本海軍に加えられるわけであるから、非常に残念な次第だ。

敵もそのことを読み、それを恐れて処分しようとしたのであり、ずいぶん砲撃したのだが、なかなか沈まず、そこへわが本隊がやって来たというわけである。わが方も、やむをえず、駆逐艦「秋雲」と「巻雲」に魚雷四本を発射させ、これを太平洋の海底深く沈めた。

総合戦果もすでに来ているが、空母四、戦艦二、このほか、大変多いので、未だはっきりせず、詳細な内容はわからない。

月は、この瞬間も、なにくわぬ顔で、悠々と海面を照らしている。

十月二十七日、火曜日、晴。作戦、一段落を遂げ、トラック島に凱旋か――。

昨夜の夜戦も、遂に逃がしてしまった。残念ではあったが、踵《きびす》を返して夜戦を断念した。

今早朝、「妙高」「高雄」の零式水偵を索敵に向かわせたが、敵の大部隊はすでに遁走して見当たらず、大艇とか陸上大型機が一機ぐらいずつ哨戒に来ているだけで、なんら得るところはなかった。

昨夜、漂流中の敵搭乗員三名を収容した駆逐艦より、その捕虜たちの訊問報告が入ってきた。それによると、今度の敵艦隊は、空母ホーネットを旗艦とする機動部隊で、昨夜、炎上していた母艦が、そのホーネットであったということだ。そのほかの空母エンタープライズ及び艦名不詳の空母と、戦艦サウスダコタ、大巡ペンサコラ、インディアナポリス、サンチャゴの三隻と、駆逐艦十二隻であったという。その後、救助した捕虜については引き続いて訊問中であるが、大したことは口に出さないらしい。

針路を三百二十度にして北上、午後四時には前衛隊と分離し、まっすぐトラックへ向かいつつある。いずれは、途中で補給することであろう。夕食後より普通哨戒配備となり、六直となった。

これで、この方面の作戦も一段落し、三十日頃には、トラック島へ帰投の予定らしい。海上は、昨日の海戦のあわただしさとは打って変わって、誠に静かな海面となり、大海原は水溢るる如く、ゆったりとして見える。

今日はアメリカの海軍記念日であると聞いている。まったく変な成り行きになって、せっかくの海軍記念日の前日に、大事な艦艇多数を失ったとは、思えば、アメリカの海軍記念日に誠に相応しい出来事であったといえよう。

これに反し、わが方は、今頃、内地のラジオのスピーカーからは軍艦マーチが勇壮に鳴り響き、そのリズムに乗って、大本営からの今次の大戦果が発表されていることであろう。全国民が待ちに待ったこのニュースによって、全国は歓喜一色にぬりつぶされ、提灯行列や祝賀会が行なわれているに違いない。そして、第一線で戦うわれわれ艦隊兵士に対しても、大いに賞讃し、その苦労を偲んでくれていることと思う。

高橋一水は、六時から当直に立つ。いまだに月も上らず、東の空も視界は非常に悪い。水平線もはっきり見えない。その時、その暗い水平線に、黒い物体が点のように盛り上がって見えて来た。

「東の水平線、黒い物が見えます！」

「玄洋丸のようです！」

見張員が叫ぶ。今夜九時頃には玄洋丸と合同して、水雷戦隊の補給を行なう予定だ。

「玄洋丸が見えたぞ！」

艦橋の眼が、一斉に東の水平線に向いた。しかし、それにしてはまだ三時間も早い。少し変である。よく見ると、黒点はあまりにも小さく、駆逐艦のようにも思える。

一八三〇、東の水平線に、ようやく月が上りはじめる。その月明かりで、海上も少しずつ明るくなって来た。やはりその黒い影は補給船ではなく、機動部隊の前衛部隊で、七、八戦隊の一艦であった。そして、続いて十一戦隊も見え出して来た。「長良」も現われたし、やがて、玄洋丸も姿を見せはじめた。

まったく、予定どおりである。速力は十四ノットぐらいだ。本隊は十八ノットにて補給地に向かいつつある。間もなく、前衛部隊に追い着ける。三十日の夕方までにはトラックへ入港の予定であり、この十八ノットの速力で航行するとなれば、現在の重油ではとても間に合わない。わが四戦隊も補給予定だ。

当直参謀が、通信参謀に代わった。アメリカの放送を聞いたのであろう。アメリカの戦果の発表状況を話してくれた。

「今日のアメリカ放送で、海戦の結果が発表されたよ」

それは、「空母二、大巡三隻、駆逐艦数隻を轟沈または撃沈」という内容だった。

これは、日本の戦果発表とまったく同じようなもので、驚いてしまった。アメリカは、今日の海軍記念日には、日本を徹底的に撃滅するのだと豪語していたので、国民に対して本当のことを隠して、苦しまぎれの発表をしたのだ。やられたことをまったくそのまま勝ち戦にすり変えて、発表した模様である。

今度の作戦は、わが前衛部隊（戦艦二、重巡四、軽巡一、駆逐艦六）が南下索敵中、敵の空母より発進したと思われる索敵機がこれを発見、わが方に航空母艦がいないと侮って攻撃をかけて来た。

しかし、わが前衛部隊の大部分は、南下がひと足早くて発見されず、攻撃を受けたのはほんの一部の艦だけで、その損傷もわずかで、かすり傷程度であった。

一方、わが方は敵の大部隊を捕捉して、大戦果を挙げた次第であり、さすがの敵も敗北後、南へ遁走したのである。そのわが方の戦果も、午後七時のラジオ放送で発表されたことであろう。

午後九時に玄洋丸と、午前一時には神国丸と合同した。

大戦果

十月二十八日、水曜日、快晴。南太平洋海戦の戦果発表。玄洋丸より補給——。

夜半、玄洋丸と神国丸と合同し、直ちに、水雷戦隊の補給を開始した。総員起床時の午前三時にはそれもほとんど終了したので、夜明けとともに巡洋艦の補給が始まった。

〇七三〇、すべて補給完了。重油船には駆逐艦「涼風」を護衛艦に指定して分離した。本隊は、十八ノット、針路三百二十度にて之字運動を行ないつつ、一路、トラック島めざして航海を続ける。機動部隊は、昨夜半、ちょっとその姿が見えたが、別行動のため、また見えなくなった。

今朝は、誠に爽やかで、気持ちの良い天気で、気分も素晴らしい。それもそのはずで、昨夜八時三十分、大本営より今度の海戦の戦果がラジオを通じて軍艦マーチとともに発表されたのだ。われわれの爽やかなこの気分もさることながら、祖国では一億国民が歓喜に満ち満ちていることであろう。その発表内容は、次のようなものである。

〈大本営発表、十月二十七日午後八時三十分〉

「わが海軍部隊は、十月二十六日、サンタクルーズ島北方四百カイリの洋上において、敵有力部隊を発見捕捉し、これを攻撃。次の如き大戦果を収めたり（カッコ内は、捕虜の言による推察）。

一、撃沈＝航空母艦四隻（ホーネット、エンタープライズ等）、戦艦一隻（サウスダコタ）。

一、大破＝戦艦一隻、巡洋艦一隻（ポンゲリノリヤード）、艦種不明一隻。

一、中破＝戦艦一隻、巡洋艦三隻（ペンサコラ、サンチャゴ、インディアナポリス）、駆逐艦一隻。

一、飛行機撃墜破＝二百機以上。

わが方の損害、

小破＝空母二隻、巡洋艦一隻、いずれも戦闘航海に支障なし。飛行機自爆または未帰還四十数機」

以上が一昨日の大戦果の発表である。

この発表と同時に、それ以前、二十五日までのソロモン第一、第二次海戦の総合戦果も発表された（八月二十五日より十月二十五日まで）。

その内容は次のとおりである。

一、撃沈＝航空母艦一隻（ワスプ）、巡洋艦三隻、駆逐艦五隻、潜水艦六隻、輸送船六隻、掃海艇一隻。
一、大破＝戦艦一隻、航空母艦一隻、巡洋艦一隻、輸送船二隻、潜水艦と掃海艇各一隻。
一、中破＝航空母艦一隻。
一、飛行機撃墜四百三機、撃破九十七機。なお、B17大型機十九機に対し、大損害を与えたり。

わが方の損害、
沈没＝巡洋艦二隻（加古、古鷹）、駆逐艦二隻、潜水艦一隻、輸送船五隻。

大破＝駆逐艦三隻、輸送船三隻。

中破＝巡洋艦一隻、駆逐艦二隻、潜水艦一隻、輸送船二隻。

飛行機自爆二十六機、大破三十一機、未帰還七十八機、合計百三十五機。

よって、ソロモン海戦（第一、第二次）以後、南太平洋海戦を含めての総合戦果は次の如し。


撃沈艦船＝八十隻、大、中破＝二十四隻。

飛行機撃墜破＝八百十八機。

なお、開戦以来の海軍の総合戦果は、次の如し。

撃沈艦船＝六百九隻、大、中破＝百三十八隻、拿捕＝九隻。

飛行機撃墜破＝三千七百二機。

以上の如く、物凄いという表現にまさしく相応しい大戦果を土産に、まずはトラックに凱旋するが、それ以後の行動はいまはまだ全然わからない。ただ、いまのところ内地への凱旋はないらしい。まだまだ、これからの作戦が残っているからだ。

捕虜の証言に関する報告が、駆逐艦から今日も入って来た。それによると、ハワイ奇襲攻撃による敵側の損害は、沈没＝アリゾナ、オクラホマ、ユタ。沈座＝ネバダ、カリフォルニア（引き揚げ修理中のネバダは、アメリカ太平洋岸に曳航）、大破＝ウエストバージニア、巡洋艦一隻ということで、それ以上、あまり多くは語らないらしい。

十月二十九日、木曜日、半晴。余裕綽々、戦闘訓練を行なう――。

昨夜、赤道を通過した。赤道通過は、これで二十回目である。赤道といえば、若い兵隊に、「赤道を通過する時は、赤い線があるからしっかり見ておれ！」と、冗談混じりに言ってやると、そのままに受け取ったようで、真面目になって見ていた。

しかし、七時を過ぎた頃、その兵隊が、

「七時になっても、それらしいものは見えなかった」

一応、真面目くさった顔でそう言って来たので、みな大笑いであった。しかし、この若い水兵もさるもので、そんなことはとうの昔に知っているはず。こちらの冗談の上をいって、逆に笑わせているのであろう。

同航の機動部隊が離れて見えなくなったと思っていたが、夜が明けてみると、右九十度方向にちゃんと同航していた。それは、いかにも余裕綽々たる勇姿で、見るからに頼もしい。今朝六時より、この十一戦隊に対して、戦闘訓練を行なう。これも余裕ある証であろう。

〇六三〇、索敵中の「隼鷹」の艦爆が、わが機動部隊に触接している敵の潜水艦を発見した。その敵潜水艦、どう勘違いしたのか、急に浮上して来た。この好機をわが艦爆が逃すわけがない。すかさず爆撃を加え、命中弾を浴びせ撃沈した模様である。

いよいよ、敵潜水艦出没の名所（集結地）といわれるトラックに近づいて来た。明日の午後三時、入港の予定である。今日はすでに起床と同時に対潜警戒で、見張員は特に忙しい。

話は少し変わるが、ここ二、三日、アメリカ及びオーストラリア方面の敵の放送局からデマ放送の電波が盛んに流れてくるようになった。少しおかしな日本語ではあるが、なかなか上手に喋る。「陛下に忠勇なる日本の兵隊さんたちよ。速やかに降伏し給え。こちらにはコーヒーもミルクや砂糖もたくさんある！」など、つまらないことを放送している。

また、ハワイ放送では、「わが海軍部隊は、敵航空隊基地及び艦隊を奇襲。また、機動部隊は、ソロモン方面の海戦等にて、敵の航空母艦七隻、大巡五隻、駆逐艦数隻を撃沈。わが方の被害は、駆逐艦一隻沈没」などという無茶苦茶な自分側の戦果を日本語で報道しているのには、まったくあきれてしまった。

本艦には、今度の出撃前にハワイ生まれの二世・福島勇という男が乗艦して、われわれと一緒に活動している。長くアメリカで生活していたので、日本語のほうは下手くそで、ロレツが良く廻らないが、英語はさすがにうまく、良く聞き、良く喋る。

この人物は、敵の暗号などを良く知っているとみえて、電信室に勤務して、敵の電波の傍受やその解読作業について重要なる役割を果たしている。彼は軍属として働いているのである。

これは捕虜の証言であるが、アメリカの航空母艦は、いずれも名前を舷側に書かず、番号で書かれてあるということだ。①ラングレー、②レキシントン、③サラトガ、④レンジャー、⑤ヨークタウン、⑥エンタープライズ、⑦ワスプ、⑧ホーネット、⑨エセックス、⑩ボン・ノム・リチャードなどで、これらは、わが艦隊の猛撃のため、そのほとんどが太平洋の海底深く沈んでしまったことと思われる。

しかし、大きな商船を有するアメリカでは巨大な建造力で改造したり、新しく造り出したりしているのであろうが、それらもまたわが艦隊によって撃沈される運命にあるとみられる。これも、一興ではないか。

機動部隊は、本隊よりひと足先にトラック島へ入港するのであろう、夕方には、速力を増して前方に遠ざかってゆき、見えなくなった。（史実によれば、この南太平洋海戦で米側は空母、駆逐艦各一隻を失い、空母一隻中破、飛行機七十四機喪失その他の損害を出し、日本側は空母一隻中破、飛行機百機喪失その他の損害を出した）

十月三十日、金曜日、晴後スコール。最長航海（十九日間）を終えてトラックに凱旋――。

今回は、偉大なる戦果を収め、ソロモン方面における作戦を一時打ち切り、一路、十八ノットの速力をもってトラックへ向けて航進している。これは、三回目の帰還である。今回は、今までと違って、なんとなく気持ちがいい。やはり大戦果のせいだろう。

トラック島に接近するに従い、雲が次第に垂れこめて来て、やがて、スコールがやってきた。そのスコールが、甲板を綺麗に洗い流してくれる。この舷側に当たって砕ける波も、今日でしばらくお別れであろう。

朝から配置に付いて、警戒している。トラック基地には、日本艦隊が集結していることを敵もよく知っている。それだけに、この付近には敵潜水艦がうようよしていて、すでに名物化している。

出入港には、こちらも厳重に警戒するのである。入港近くになると、速力を増して二十二ノットも出す。そのうえ、駆逐艦は爆雷を投下し、対潜警戒機を多数発進しての物々しい警戒である。

一五三〇、無事、春島基地に錨を入れた。実に二十日ぶりであり、今までの最長の航海であった。すでに三艦隊も入港しており、「大和」や「陸奥」は、相変わらず居座りである。

また、南太平洋海戦で損傷を受けた「翔鶴」「瑞鳳」「筑摩」、それに火災を起こした「飛鷹」などが、舳先を並べたように同じ位置に投錨している。「翔鶴」と「瑞鳳」は、ともに後甲板に爆弾を受けて、両艦とも飛行甲板が盛り上がって目茶目茶になっている。

それでも、「瑞鳳」のほうは多少は被害が少ないようだが、これほどの被害を受けながら、「翔鶴」は火災が生じたのを良く消し止め、前部エレベーターから飛行機を出して第三次攻撃隊を発進させたというのだからその凄い戦闘力には頭が下がる。サンゴ海でも消火に成功したのであるから、「翔鶴」には消火の名手でもいるのではないか。

「筑摩」は艦橋に命中弾を受けて、測距儀、主砲指揮所等が吹き飛び、艦橋の形がなくなってしまった。その時、艦橋にいた人たちは、艦長と航海長、そして、信号、見張りの各一名を奇跡的に残しただけで、そのほかは全員戦死というのだから、物凄い戦いであったのだ。それに、「熊野」もやられている。近いうちに本格的修理のため内地に帰る予定らしい。

下士官任官

十一月三日、火曜日、晴。明治節遥拝式。下士官任官申し渡し。外南洋部隊（八戦隊）、新編入部隊（「鈴谷」「摩耶」、二水戦）出港——。

今日は、明治節の佳節を祝うが如く、天高く上々の天気である。〇七〇五、皇居に向かい、遥拝式。軍楽隊の君が代吹奏のうちに厳かに終了。直ちに、両陛下の御写真奉拝。

この式が終わってから、通知未着で延期になっていた下士官の進級申し渡しがあった。

高橋武士一水も、二等兵曹に任官した。艦長不在のため、副長より伝達された。嬉しい任官であった。そして、任官後、初の当直に立った高橋兵曹は、あまりの嬉しさに、僚艦「高雄」に乗艦中の同年兵で無二の親友である吉村は果たして任官したであろうかと心配になり、ちょっと信号で聞いてみた。

「吉村、任官せしや」

嬉しいことに、彼も見事に任官していた。誠に嬉しい。共に喜ぼう。

本日の昼食は、大変な御馳走であった。戦給品の酒で酒宴が開かれ、明治節の佳き日を祝うとともに、任官祝いを兼ねた二重奏となり、夕刻まで賑やかに続いた。さらに、夜間は映画が上映され、本当に嬉しくも楽しい一日を過ごした。

十一月九日、月曜日、晴。四度、ソロモン方面に出撃――。

十日間にわたる碇泊も終わって、今日はまた、いよいよ出撃である。午前中は、各部とも揃って出港準備に忙しい。

一五四五、錨を上げる。居残りの「大和」をはじめ、「陸奥」「飛鷹」「明石」などと別れを告げ、すでに、三時間前に出港している「隼鷹」の後を追うようにして、前進部隊は出港した。

今回の出撃編成は、次のとおりである。四戦隊（愛宕、高雄）、三戦隊（金剛、榛名）、十一戦隊（比叡、霧島）、八戦隊（利根）、十戦隊（「長良」、十六駆）、三水戦（「川内」、六駆、十五駆、十一駆）、二航戦（隼鷹）。以上の如き大部隊で、そのほかに、ほとんど特殊潜航艇母艦といってもよい「日進」が、「磯波」と共に別行動をとり、神国丸は「雷」に護衛されて、これも別行動をしている。

この時、天佑というべきか、北水道から出撃せんとする間際になって、激しくスコールが来襲し、前方の視界がまったく利かなくなってしまった。敵潜の眼をくらますにはもってこいの状況となったわけである。後ろから八戦隊、十一戦隊、三戦隊の順でスコールの中を続いて来る。前方には、「川内」と駆逐艦五隻が行き、間もなく対潜警戒の直衛についた。なんといっても、戦闘見張りは、この出入港時が最も忙しい。それだけ任務は重大なのだ。

こうして、前進部隊はソロモン海めざして南下をはじめる。

第六章　果てしなきソロモンの戦い

四度見るソロモンの海

十一月十日、火曜日、晴後スコール。南下また南下をする前進部隊——。

四度見るソロモンの海。それは、つい先だって繰り広げられた海戦の凄まじさを忘れたかの如く、それこそまったく何事もなかったように、誠に静かな海である。この見るからに平穏な海、それはいつ再び、弾丸飛び交う、荒れ狂った海戦の場と化すかも知れない。

しかし、南海の海はいつも平和そのものである。そして、この海こそまさに、開戦以来、幾多の海戦で多くの血を流して来た海でもあるのだ。わが方も、いったい幾多の戦友が海底深くこの海の藻屑と化したことであろうか。また飛行機も然りである。さりながら、まだ目的とする占拠もできないとは、まったく情けなく、残念至極な次第といわざるを得ない。

前回の天下分け目ともいうべき攻防戦では大きな戦果を収めたとはいえ、このままの状態では、第一次、第二次ソロモン海戦でこの海に散って行った戦友たちが浮かばれない。

この目的地をめぐる勝敗によっては、戦争そのものも早く終結させることができるのではないか。この際、ここに敵を誘き寄せて一大決戦を決行すれば、それこそ見敵必殺、必勝疑いなしと確信できるのではないか。

そして、この海戦は敗戦に泣く涙となるか勝利の歓喜かの分かれ目そのものである。先に航海長が退艦し、内地に帰還したので、今回の出撃に際して、臨時に「陸奥」の航海長が乗艦し、職務についている。艦は針路百三十度で南下を続けている。夕方、大スコールに襲われながら、まっ暗な海上を疾走して行く。

南下、また、南下、ただそれ一直線の航海である。

十一月十一日、水曜日、晴。十一戦隊「ガ島」砲撃は十三日前夜と決定さる。高橋上等水兵戦死——。

昨夜、針路を十度面舵に転じて百四十度とし、速力を十四ノットに落とした。

今朝は、昨夜来のスコールも上がって、すがすがしい朝だ。東の空が明色を帯びて次第に明るんでくると、「隼鷹」から発進した艦爆や艦攻の索敵機が早くも飛行しはじめる。対潜哨戒機も、すでに、低空を気持ち良さそうに飛び続けている。

だが、この日の朝、日課手入れの最中に、不祥事が発生した。一番砲塔のところで甲板手入れをしていた前一分隊の高橋好朗上等水兵（秋田出身）が、おりから、砲戦訓練を行なっていた大砲が旋回して来て、その大砲と給排気筒との間に挟まってしまい、重傷を負った。

そして、出血多量のため死亡したのだ（ほとんど即死状態であった）。あの二十センチ主砲の砲塔と、鉄塔である給排気筒に挟まれては、これはひとたまりもない。誠に残念なことであり、可哀想な出来事であった。

この高橋好朗上水については、長官、参謀長、副官の三人が協議の結果、彼の死は対敵行動中ということに扱い、戦死と言い渡された。部下思いの優しい伊集院艦長も、この扱いに対して、ことのほか喜んでいた。

午後四時より告別式を行ない、四時半、高橋好朗上水は水葬に付された。

こうして、本艦でも今までにだいぶ犠牲者を出している。

一五〇〇頃、赤道を通過。ガダルカナル島五百カイリ圏内に入った。また、昼頃には、連合艦隊司令長官より、「Z日は、十三日決定」との電報があった。

「Z日」とは、陸軍部隊の揚陸日で、その前夜に敵飛行場を砲撃することになっているのだ。状況に応じて、続いて第二回目は三戦隊、その次は四戦隊が砲撃を行なう予定とかで、わが主砲が、いよいよ、発射されるかどうか楽しみである。

十一月十二日、木曜日、晴。挺身攻撃隊、行動を開始す――。

今回の出撃目的が明確になった。

〈前進部隊命令〉

「前進部隊は、機密連合艦隊電令作戦に基づき、Zマイナス一日、その大部はRXN北方海面に進出、十一戦隊を基幹とする部隊をもって同日夜、ガダルカナル島飛行場に対し制圧射撃を行ない、Z日、陸軍揚陸を間接的に掩護し、南東方面部隊の作戦を支援するとともに好機に乗じ敵艦隊を捕捉、これを撃滅せんとす」

こういう誠に素晴らしい作戦で、順調にいけば、それこそ本当に有り難い。

そして、本隊は、挺身攻撃隊支援、並びにガ島方面敵増援部隊を捕捉、撃滅すべく、東方を哨戒。八戦隊、三水戦は、前進部隊本隊の東側を索敵哨戒。航空部隊（二航戦）は、挺身攻撃隊を直接支援し、ガ島方面の敵航空兵力を撃破する。「飛鷹」は、トラックにありて待機。こういう兵力配置である。

こうして、今朝、予定の如く、挺身攻撃隊の十一戦隊（比叡、霧島）、十戦隊、「長良」、十六駆（天津風、雪風、照風）、六駆（暁、雷、電）などは、分離行動を開始した。それらは速力を増して二十四ノットとし、南下を続ける。

十一戦隊司令官より、「誓って成功を確信する」との信号があった。

艦隊の上空には、空母「隼鷹」から発艦した哨戒機が飛んでいる。八戦隊と軽巡「川内」は、東方哨戒隊として、昨日、本隊から分離した。

〇七三〇、「敵機B17の感度が高い」電信室より通信参謀の報告があった。

直ちに、「配置に付け！」の号令がかかったが、一向に姿を現わす気配がない。

その後、間もなく、挺身攻撃隊より、「敵B17重爆二機、われに触接しつつあり」という報せが入る。

上空直衛機は、すぐさま空中戦を開始、「空の要塞」と称されるB17二機と渡り合ったが、さすがに空の戦艦だけあって撃墜することはできず、遂に、煙を吹きながら逃げてしまった。わが方は、戦闘機一機が不時着したが、搭乗員は無事に収容された。

一方、陸上基地の第十一航空艦隊の飛行機が、敵護送船団を捕捉、攻撃して、巡洋艦一隻を轟沈、商船四隻を炎上せしめた。

敵も、今日は、兵器、弾薬、食糧などをガ島に陸揚げしている。そうしていても、今夜のわが艦隊の砲撃により、せっかく陸揚げした物資や兵器も焼き払われ、基地そのものも破壊されてしまうことだろう。そして、その艦砲射撃によって、明日に迫った陸軍のガダルカナル上陸作戦は非常に容易になるであろう。

しかし、こんなにわが方が接近して激戦が続いているというのに、敵機の姿がこのところさっぱり見えない。敵も、日増しに弱って来たのであろうか。

第三次ソロモン海戦

十一月十三日、金曜日、晴時々曇。ガ島沖大海戦――。

昨夜、攻撃敢行の挺身攻撃隊は、二三四五（午後十一時四十五分）に砲撃開始予定であったが、その時刻が過ぎても砲撃を開始せず、しかも、通信が途絶えてしまって、まったく様子がわからなくなってしまった。

もちろん、攻撃が成功したのかどうかもさっぱりはっきりしない。それを確認するため、今朝は早朝から、「隼鷹」より多数の警戒機を発進させた。本艦および「高雄」においても、零式水偵を発進させ、索敵に向かわせた。「隼鷹」は、三戦隊と共に反転、北上を開始する。そして、本隊は、直衛の駆逐艦も伴わずに南下を続け、挺身攻撃隊と合同すべく、ガ島海面へ向かった。

ソロモン近海は、今が一年で一番雨量の多い季節であり、来年四、五月頃までは雨期が続くとのことである。実際そのとおりで、スコールが絶えずやってくるので、索敵機も任務遂行が極めて難航しているらしい。心配していた一号機も、無事に帰還、異常はなかった。

本隊の上空には、「隼鷹」と分離したとはいっても、同艦の艦載機が警戒にあたってくれている。

一四〇〇、十戦隊の「長良」と合同した。

すぐさま、「長良」から昨夜の戦闘概報を信号で受信する。

それによると、挺身攻撃隊は、途中で先行して掃討中であった四水戦と合同し、夜陰に乗じていよいよ突撃を敢行、飛行機から照明弾を投下し、いままさに砲撃せんとした直前であった。突如、そこへ待ち伏せしていた敵艦隊が現われた。即刻、陸上砲撃は中止され、ここに、ガ島沖大海戦が開始されたのである。激戦の火蓋が切られて一時間余り、敵もなかなかの大部隊で、巡洋艦六隻、駆逐艦十隻という、相手にとって不足はない陣容であった。勇壮極まる夜戦の展開である。

その成果であるが、まず「長良」が、防空巡洋艦（カイロ型）一隻、駆逐艦一隻を撃沈。

「雪風」が、防空巡洋艦（「長良」が沈めたものと同一のものらしい）一隻、駆逐艦一隻撃沈。「雷」は、大巡一隻撃沈。さらに、防空巡洋艦一隻撃沈（魚雷二本命中）。「春雨」は、大巡一隻撃沈。「夕立」は、巡洋艦二隻撃沈。以上、合計巡洋艦六隻、駆逐艦二隻を撃沈するという大戦果であった。なお、そのほか、十一戦隊の戦果があるが、これはまだ入って来ていない。

今日は、十戦隊および四水戦の奮闘の番だ。

なお、わが方の被害は次のとおり。「比叡」が艦橋火災で舵故障、航行不能に近い状態ではあるが、微速にてショートランドに向かいつつある。「夕立」および「暁」は、航行不能となり、消息不明。「天津風」「雪風」は小破。以上である。よく戦ったうえで、二隻の駆逐艦を失ったということらしい。横須賀の艦（横鎮籍）がやられたことは、誠に残念でならない。

「比叡」には、野村兵曹が乗艦している。艦橋に敵弾が命中し、火災が発生したということなので、野村の身が案じられる。この野村兵曹は、前には「翔鳳」に乗艦していて、サンゴ海で撃沈され九死に一生を得たのだが、またまたの災難である。本当に不運というべきである。無事でいてほしい。

また、消息不明という駆逐艦「暁」には、高橋と同年兵で親友である櫛田が乗艦している。彼とは下宿も同じである。遂に、ソロモンの海に没してしまったのではないかと、いささか（というより、心の中では本当に）心配になって来た。

しかし、なお、一縷の望みは残されているので、それを神頼みするばかりだ。「暁」は撃沈されたと判明したわけではなく、行方不明ということであり、奇蹟という最後の望みもあり得ると思う。決して、まだがっかりする必要はない。

とにかく、どの艦もみな無線装置をやられてしまったので、まったく無電が打てなくなってしまったのだ。ただ、「霧島」だけが無電を打つことができたのであるが、暗号書が焼失してしまい、少ない暗号で思うように打てなかったらしい。この話を聞くと、それだけに、艦橋付近に被害が集中したのではないかと推察されるのだ。ここが艦の要《かなめ》でもあるのだ。なにはともあれ、次の吉報を待つばかりである。

本艦の艦橋では、周囲から次々と情報が入ってくるので、艦長はますます張り切っている。付近にいる参謀たちを前にして、副長に向かって、

「これからガダルカナルへ突っ込もう！」

「いま突っ込まなければ、突っ込む時はないね！」

大声で話しかけている。相手の副長も言を共にして、

「そうですねー」

盛んに調子を合わせて参謀たちを煽りたてている。その参謀たちは、いろいろと考え、判断に苦悩しているようだ。艦長が張り切るのは当たり前であろう。退艦前に大きく花を咲かせたいし、本艦の功績も、今までのところ、これといったものもないのだから無理もない。

しかし、明日は、いよいよ、本隊と「霧島」でガダルカナル島基地を砲撃するということ

は決定しているのだ。艦長もそのうちにやっと諦めたのか、御機嫌を直して落ち着いてきた。

夕方、「隼鷹」、三戦隊と合同、北上する。

だが、この北上は補給のためである。まず、駆逐艦は三戦隊より補給を開始した（これは、小艦艇などは、戦艦から補給を受けておいて、油槽船からの補給は、戦艦が一度にまとめて受ける。そういう理由がある）。

「天津風」を見ると、艦橋トップは大破していて、一番煙突中部が破壊され、カッターも飛び散り、外舷には三個の大破口という被害で、聞くところによると、砲術長以下四十一名が戦死、二十四名が重傷、さらに三名の軽傷者を出したという。

南太平洋の死闘

十一月十四日、土曜日。ガダルカナル島沖の大海戦、死闘を越え避退す――。

昨夜も、第八艦隊の「摩耶」「鈴谷」等が、ガダルカナル島の飛行場に対して砲撃を加え、それは成功したのであるが、効果はあまりなかった模様だ。

同じく昨夜は、三戦隊より駆逐艦への重油補給を行ない、残った駆逐艦には、合同予定の神国丸から補給することになっていた。

ところが、夜明けになっても、その神国丸が現われない。やむなく、〇三三〇、百八十度に反転、十二ノットに減速して、他の駆逐艦も三戦隊から一時補給を行ない、午前九時頃にようやく終了した。

こうして、再び増速、待望のガダルカナル島攻撃に向かった。

その部隊兵力は次のとおり（ガダルカナル島攻撃では、最大規模の艦隊兵力である）。

四戦隊（愛宕、高雄）、十一戦隊（霧島）、一水戦の「電」、三水戦の「川内」、十一駆（白雪、初雪）、十九駆（浦波、敷波、綾波）、十戦隊の「長良」「照月」、四水戦の「朝雲」「五月雨」等という大部隊である。

この大陣容で、針路百六十五度、速力二十四ノットにて、一路、ガダルカナル島に向けて、いよいよ進撃だ。

伊集院艦長は、

「開戦以来、初の突撃だ！」

こう叫んで、張り切っている。

乗員はみな戦闘服装も凛々《りり》しく、脚絆に戦闘帽、手袋に手拭を用意し、腰には止血棒を提げるという出で立ちで、腹にはそれぞれ送られた千人針をしっかり締め、意気大いに上がっている。今度こそは、戦争らしい戦闘ができるぞと、胸膨れる思いである。今度は待望の砲撃戦で、本艦だけでも二十センチ砲五十斉射、五百発を撃ち込むのである。

敵の情報も、次々と入ってくる。艦橋の拡声器が、刻々と変わる戦況をひっきりなしに電信室より放送している。

「敵空母二、戦艦二、大巡三見ゆ。ガダルカナル島南六十カイリ」

「ガダルカナル島付近に、大巡一隻、駆逐艦数隻あり」

などなど、ひっきりなしに大声で伝えてくる。

各艦は索敵のために、水偵を発進。終了後はこちらに戻らせることなくレガタ基地に向かわしめた（搭載していると、砲撃戦の衝撃で破壊されてしまうからである）。

一四三〇、海上を見張っていた機関参謀が、左舷に雷跡を発見。直ちに、取舵変針した。四本の魚雷は、本艦を挟む形で両舷を通過して行った。

初めての雷撃である。乗組員一同、驚くとともに緊張した。しかし、幸運にも、発見が早かったことと、伊集院艦長の見事な操艦により、転舵が一瞬早く、難を免れた。

それからというものは、極度に緊張し、みな眼を血走らせて見張る。ときどき、浮遊物を潜望鏡と見間違える事件が続発した。だが、これも張り切っている証拠であろう。

夕刻とともに、もうソロモン群島の島々が、遠く水平線の彼方に見えて来た。ガダルカナル島基地には、敵艦隊在泊の公算大なりと聞く。いよいよ湾内への突入も間近である。速力も二十四ノット（第三戦速）に増速、突進また突進、十時には、射撃開始の予定である。その射撃攻撃中には、駆逐艦「照月」は反対側湾口の哨戒にあたり、前方には、駆逐艦が一斉に配備に付き警戒する。そういう警戒の中で、艦砲射撃を開始するのである。

六時、六時半、七時と、次第に時間が迫ってくる。

死の五分前か、それとも、嵐の前の静けさか。

一九三〇、「総員配置に付け」が下令され、各自それぞれの戦闘配置へと走る。こうして、いよいよ、戦闘態勢は完璧なまでに準備されたのである。

特に、戦闘見張員は血眼になって目標を捜索する。左にマライタ島、右にイサベル島を見つつ突進。間もなく、ツラギのあるフロリダ島も見えて来る。そして、前方に小さな島、サボ島も見えはじめる。先行した軽巡「川内」、十九駆逐隊（綾波、浦波、敷波）が、掃討隊として待機している。月は皓々と輝き、西の空に低く浮かび、視界は極めて良好である。

かくて、乗員は緊張そのもの、艦内は息詰まるような熱気に溢れ、緊張感は高まるばかりだ。腹の準備も、戦闘配食のまっ白のおむすびの夜食で腹ごしらえを終え、白地に赤の日の丸を染め抜いた手拭で鉢巻をなし、鉄兜に防毒面と、絶対に手抜かりはない。

二一三〇、月は西の水平線に沈み、視界が少し悪くなる。

サボ島の陰に走る閃光

昼間、索敵機の偵察によると、湾内には巡洋艦数隻と駆逐艦がいるだけという報告があったので、それは前路掃討隊にまかせ、本隊は、予定どおり、サボ島とガダルカナル島の間を通って砲撃するということで、この時はまだ海戦になるとは、誰ひとりまったく予期していなかった。

二三〇〇（午後十一時）、掃討隊より、「今から戦闘を開始する」との報告が入ってくる。

そして、間もなく、サボ島の陰に、

「ピカッー、ピカッー」

砲火の閃光が、空間に激しく映る。

いよいよ戦闘開始である！

間もなく、掃討隊の海戦状況が眼に入り出した。敵も大部隊とみえて、砲火が四方に散乱する。また、飛行機も飛び交っているのか、機銃や曳光弾の弾光が、東京・両国のあの花火のように四方に夜空に輝く。

いま砲撃戦をやっている者たちは命懸けであるが、こちらから見ていると、不謹慎かも知れないが、誠に勇壮雄大であり、また、打ち上げ花火さながらともいえる鮮烈な光景なのだ。そうこうして、思わず砲撃戦に見とれていた。それほどに鮮烈かつ峻烈なものだった。

その時、指揮所から、

「敵魚雷艇を探せ！」

「海戦にばかり気を取られるな！」

叱声がとぶ。

痛いところを突かれて、あわててサボ島付近の海面を見張る。しかし、そうはいっても、つい海戦の火花が眼にも入り、気になる。ときどき、眼鏡をその方向に向けてしまうのもやむをえない。

艦は、いまや三十ノットを越えて、最大戦速で疾走している。外舷に当たる波しぶきと騒音にかき消され、遠く砲撃戦の爆発音はほとんど聞こえてこない。しかし、天も裂けよとばかりに打ち上げる火柱は、まさに絶景としか言いようのない光景である。そして、火の玉が燃え上がったような真っ赤な火柱の中に、真っ黒い固まりのようなものが沈み込んでゆく。

これが轟沈というものであろう。それも、一つだけではなく、二つも、三つも見えた。まさしく、轟沈か撃沈であろう。

続いて三回の大火柱に、最初は、これが味方艦がやられたような奇妙な錯覚に、目も眩む思いに襲われ、

「ああーっ！　やられた！」

思わず、大声が咽喉の奥から悲鳴の如くとび出した。

その轟沈の凄まじい情景が収まると同時に、あの激しい砲火もふとなくなり、そのあとに、なんと、三隻の味方艦がゆうゆうと姿を現わし、こちらに向かって帰ってくる。この姿を眼にした時の、なんと嬉しかったことか！

しかし、味方艦は四隻行ったはずだ。やはり、一隻は遂にやられたのか。あとでわかったことであるが、そのやられた一隻は十九駆の「綾波」であった。艦長以下三十名の乗員は、すぐさまボートで陸軍の上陸地に向かったと聞く。

本隊の後方には、二水戦に護衛されてきた輸送船団がついてきている。

さて、乗員みないよいよ興奮高まり、眼は輝き、口から出る声も自然にうわずって来ている。気の高ぶりであろう。なんというか、気持ちが自分でもわからない。ただ、夢中なのだ。こういう時は、故郷の家のことや思い出など、無論まったく思い浮かばず、自分で死ぬかも知れないということすら考える余裕はなく、ただ夢中、ただ無心という状況だ。

だんだん声は大きくなるが、全身が少し震えてくる。それも、最初のうちだけのことで、

次第に落ち着いてくる。これは不思議な体験だ。そして、ただ、真実、夢中で、見敵必殺の意気が、心の底からこみ上げてくるばかりである。こんな時は、不思議なもので、敵の砲弾や銃弾は自分だけには当たらないと思う。みなそう信じ切っている。

さて、華々しい掃討隊の海戦が終わり、ガダルカナル島とサボ島の間に入ろうとした時だ。敵の大型艦が、闇の海上にぐいっと現われ、こちらに近づいて来た。昨日の偵察では、相手に戦艦はいないものとされていたので、見張員の、

「敵戦艦確実！」

この報告を受けても、長官はじめ艦長までも含めて、幹部たちはなかなか納得せず、しばらくしてから、七千メートルに接近して、ここで確認。一斉に照射すると、これがノースカロライナ型の新型戦艦であった。一瞬早く、直ちにこれに砲撃を加える。高角砲も機銃も、七千メートルという近距離射撃を開始。いよいよ、殺気立ってくる。

敵もさすが最新鋭戦艦だけあって、こちらに呼応して砲火を開始した。上空には弾丸が唸りを立てて飛び来たり、四十ミリ機銃の曳光弾が、眼を刺すように綺麗に飛び交う。

敵の副砲であろうか、小型砲弾が頭上を飛び越えて反対側の海面に落下し、水柱を吹き上げる。上空に敵機来襲、吊光投弾を投下。付近一帯が真昼のように明るく照らし出され、本隊はその下で敵の目標にもってこいという不利な態勢となった。

しかし、砲撃戦開始時、一瞬早く初弾を放ったわが方が先手必勝、勝機を摑み、その命中弾によって敵戦艦三連装の主砲が旋回途中で動かなくなった。その結果、あさっての方向に

なってしまい、発砲することができないらしい。それがなによりの幸運となった。本艦の二十センチ砲十門の六斉射六十発の砲撃と、八本の魚雷攻撃により、敵は遂に戦闘不能に陥った模様で、敵方の砲火は止まってしまった。そして、撃沈してしまったのか、敵艦の姿は海上から消えていた。

それより、直ちに反転したが、空にはまだ吊光投弾が皓々と輝き、真っ昼間のような明るさである。反転したと同時に、後方についていた「霧島」が敵弾を受けた。

高橋二曹はその時、ちょうど眼鏡についていて、その命中の瞬間を奇しくも目撃した。敵弾は「霧島」の煙突付近に命中したらしく、火柱を吹き上げ、物凄い火花を散らした。かなりの被害を受けた様子だ。「どこから発射したのか？」と思わず見回すと、左横正面に別の敵戦艦二隻を発見。これが発砲したらしい。

この頃になると、先ほどからの吊光投弾もようやく消えて、辺りはまた元の真っ暗闇になっていた。直ちにこの二隻に魚雷十一本を発射し、そのうち数本が命中したようであった。次々と、大火柱が吹き上がった。

こうしてガダルカナル島沖の海戦は、遂に終わり、海上は静まった。見ると、駆逐艦は分散し、どこへ行ったのか、さっぱりわからない。「霧島」は速力が落ち、だんだん離れて行く。そして、やがて闇の海上に見えなくなってしまった。

本艦のほうも、一時ではあるが、位置がわからなくなってしまい、いつまでもこの付近の海上にうろうろしていると、夜明けとともに敵飛行機に発見され、やられてしまうのではないかと、観念したが、間もなく位置が判明した。そこで、速力を増し、ひとまず避退した。

二回の危機を全艦一致で回避

この海戦では、二回の危機があった。二度目は、敵戦艦と交戦中で、「敵の作戦にまんまと引っかかったな」そう感じて、一瞬、愕然とした。空には、敵機が投下した吊光投弾が明るく照らしているし、「霧島」はやられるし、さらに、敵戦艦の反対舷を見ると、そこに五、六隻の艦影が映り、それがこちらに向かってくるのである。さあこれは、てっきり包囲されたと、観念したのだ。

これまでも幾度となく危機に直面してきたが、この時ばかりは、これが最後と思ったほどである。長官も参謀長も直接には艦の指揮権はないが、彼らにしても万策尽きて観念したのかと思われた。だが、絶体絶命の時こそ、落ち着かなければ駄目だ。よく見ると、反対舷の数隻の艦影は、さっぱり攻撃してこない。やがて、それは味方輸送船団であることがわかる。

その少し前、敵機の吊光投弾が投下される前の暗闇の海上で、敵艦の圧迫を周囲にひしひしと感じながら、伊集院艦長はさすがである、落ち着き払ったものであった。他の指揮官たちは、ひと言も言わず、号令もかけられない、というよりも、言う余裕がないほどに緊張しているのかも知れない。それと対照的に、艦の操艦も、主砲、高角砲、魚雷等全部を掌握して指揮をとっていた伊集院艦長。

その艦長の伝令として左舷眼鏡と伝声管に付いていた、任官したばかりでほやほやの高橋武士二曹。その高橋二曹は、暗闇の海上に敵艦の出現を確認した。

「距離一万、九千五百、九千！」

次第に接近。胸の詰まるような強い圧迫感を感じる。高橋二曹は、次々と報告した。

「艦長、敵戦艦近づきます！」

「左舷百十度、八千五百、八千、七千五百！」

だが、これは実際にはっきり見えるわけではない。闇夜である。まったく、訓練の積み重ねによる勘、そのものである。この時、刻々の時の流れは、艦長と見張員の一心同体の瞬間だ。

探照灯も、主砲も、すでに目標を追っている。

「左舷百十度、七千！」

「照射用意！」

伊集院艦長の重々しい命令は、さらに、

「左砲戦！」

と続いた。

「砲撃始め！　照射！」

敵戦艦の艦影が闇の海上に浮かび上がるのが早かったか、本艦の主砲の発射のほうが先か。

その瞬間、二十センチ主砲十門は、一斉に火を吹いた。

探照灯の照射に敵戦艦が浮上するのと、主砲の発射されるのとは、まったくほとんど同時であったとしか言いようがないほどで、誠に素早い行動であった。この初弾が、この海戦の運命を決め、味方の危機を間一髪で救った。

この時、二番艦「高雄」も発射している。

こうして、敵の新型戦艦三連装の主砲が発射せんとして、鎌首のようににゅーっと旋回しつつあったが、それがピタッと止まってしまった。本艦の初弾が、一瞬早く、敵のその主砲に命中したのだ。

高橋武士三曹の報告どおり決断した伊集院艦長の作戦は、まんまと図に当たり、味方を勝利に導いた。もしも、数秒、いや二、三秒遅れていたとしたら、アメリカの新型戦艦の主砲の前に、その餌食と化していたことであろう。艦長と見張員の信頼の上に立った、まさに、見事なまでの海戦であった。部下を愛し、信じる伊集院艦長の面目躍如たる姿である。

そのあとの敵艦の砲弾は、ほとんどなまくら弾で、本艦に対しては艦首の醤油庫に一発命中しただけであった。なお、艦影の映った五、六隻は、味方輸送船団であることが確認され、この海戦で敵側が怯んでいる間に、この輸送船団に乗り組んでいたわが陸軍も、無事に上陸することができた。

ただ、この海戦のため、最初の作戦であったガダルカナル島飛行場の砲撃どころではなくなったが、激戦のあと、すぐ高速にて無事避退することができたことも、幸運であったのかも知れない。途中、「浦波」と合同。他の駆逐艦は、敵戦艦を追撃して魚雷攻撃を狙ったが、遂にそのチャンスはなかった。

「霧島」は航行不能となり、やむを得ず、味方駆逐艦によって、十五日〇二〇〇、遂に処分された。誠に残念である。

こうして、午前一時まで、七時間余りの戦闘は、終わりを告げる。

十一月十五日、日曜日、晴。スコール。ガダルカナル島沖海戦戦果発表。無事避退し、搭載機収容に向かう――。

再度の死線を越え、苦戦の海戦も終わって、ひとまず避退した。朝二時まで配置に付いていた高橋兵曹をはじめ見張員たちは、さすがに、足が棒のようになり、眼は落ちくぼみ、視力も落ちて、まったくボーッとしている。厳しかった戦闘のあとの虚脱感かも知れない。

間もなく、二直配置になったので、ようやく少し時間の余裕が出て来た。横になったとたんに、まさにバタンキューである。見事な寝入りっぷりである。ぐっすり眠って起こされて、再び当直に立てば、一瞬のうちに心身ともに引き締まってくる。昨夜の戦闘の模様が、次々と浮かんでは消える。夜明けとともに、二航戦から発進された直衛機八機（艦戦六、艦攻二）が、編隊で飛んでいる。

本艦は、昨夜、魚雷を十九本発射したが、

「まだ残っているから、引き返して、もう一度やりましょう！」

艦長が、参謀長や参謀たちに話しかけたが、これに対してひと言の返事もなかった。

わが尊敬する伊集院艦長は、かくも豪毅な軍人であり、豪勇の持ち主であった。

○七〇〇、「高雄」よりの報告、
「敵機二十数機見ゆ」

これには、一瞬、ギクッとした。こちらは重巡二隻と駆逐艦一隻という陣容であり、これでは対空砲火によって簡単に撃退できないからだ。急遽、配置に付いたが、「今のは、味方艦機の誤り」との訂正報告をして来たのには、いささかガックリ、気抜けしてしまった。

戦友たちは、みなお互いに顔を見合わせ、生きていることをじっくりと確認するかのように、うなずき合った。このあと、戦友たちは今までの疲れもものかわ、昨夜の激しかった戦闘の話に花を咲かせた。みな、元気である。今朝は、顔も洗わず、戦闘配食のおむすびを食べた。

そして、大本営より十四日夜の戦果発表があった。

ガ島沖大海戦の戦果発表

〈大本営発表〉

「帝国海軍航空部隊は、十一月十二日昼間、ソロモン群島ガダルカナル島所在の敵艦艇及び輸送船に対し攻撃を敢行し、続いて、同日夜、わが有力なる攻撃部隊は、これに肉迫突入、所在の敵艦隊を攻撃、その大半を撃沈破し、なお戦闘続行中なり。

現在までに判明せる戦果左の如し。
一、撃沈＝新型戦艦三隻。

一、轟沈＝大巡二隻、乙巡一隻、駆逐艦一隻。
一、大破炎上＝巡洋艦二隻、駆逐艦三隻、輸送船三隻。
一、飛行機撃墜＝十九機。
わが方の損害、

「戦艦一隻大破（比叡）、駆逐艦二隻沈没、飛行機十数機未帰還」

以上の大戦果であり、さらに、戦果は拡大中と伝えている。

このように、アメリカ海軍は、南太平洋海戦の大敗北にもかかわらず、またしても大敗北を喫するのである。すなわち、去る十一月、ソロモン群島のガダルカナル島増援の輸送船団を護衛してきたが、わが海軍部隊は、二十日の昼夜にわたってこれに猛攻撃を加え、たちまちにして、新型戦艦以下十五隻を撃沈破させ、飛行機十九機を撃墜したのだ。

さらに、戦闘はなお続行中であり、わが方の戦果は一層拡大されつつあると発表されたのである。その拡大戦果というのは、十四日夜の本艦をはじめとした攻撃隊の海戦の戦果のことである。まだ大本営からは発表されてはいないが、現在までに判明したその後の戦果は、大体、次のようなものである。

大巡一隻大破。

ノースカロライナ型、アイダホ型など新型戦艦に魚雷命中。

わが方の損害＝戦艦一隻沈没、駆逐艦一隻沈没（綾波）。

以上であるが、これはあくまでも推定の戦果であり、大本営からはまだ何も発表されていない。

昼頃、別動隊の三、八戦隊と合同。夕刻、また分離して、本隊だけが二十七駆を直衛にし、ショートランド基地に待機中である本艦の艦載機を収容すべく、針路二百八十度にて西進した。

この時は、すでに暑苦しい戦闘服装を軽快な半袖半ズボンの防暑服に着替えて、平常に戻っており、昨夜とは一転して楽な状態になった。そして、二十七駆逐隊（時雨、白露、夕暮）を直衛として、三戦隊や二航戦等と別れ、速力二十二ノットの高速をもって西進を続けている。楽な服装に戻ったとはいえ、早朝から敵潜水艦の警戒のため、全員配置付近にての見張りである。とはいえ、暇を見ては煙草盆へ下りて行くのだが、そこでは、先日の海戦状況について花が咲いている。いや、煙草盆ばかりではない。二、三人集まれば、必ず武勇談で盛り上がっている。それらをいろいろ聞いていると、これはこれでまた面白い戦果となってまとまる。デマがデマを呼んで、次第に大戦果に膨れ上がる。しかし、誰もまだ本当のことはわかっていないのだ。

たとえば、艦橋の戦闘見張員は、平時よりも敵の艦型を熟知していて、その見たままを報告したにもかかわらず、それを信じてもらえないというようなことが、戦闘中に幾度かあった。見張員たちは、その時の状況を思い浮かべては興奮し、残念がっている。今度入港したら、見張員や照射員、主砲幹部員、水雷科員などを集めて、研究会を開いて検討するとか聞いている。

十一月十六日、月曜日、晴。四戦隊艦載機を無事揚収――。

午前八時頃から、ショートランドに避退していた本艦及び「高雄」の艦載機を揚収し、北に針路を変えて、三戦隊に合同すべく、二十二ノットに増速して北上した。二番艦の「高雄」の燃料が少なくなり、いまの速力では補給まで持たないというので、速力を二十ノットに減速。今夜十一時頃、三戦隊、二航戦と共に、神国丸、日栄丸、加東丸など補給船団と合同する予定である。

十一月十七日、火曜日、晴。一路、トラック島へ――。

昨夜二三〇〇、三戦隊、二航戦、八戦隊の別動隊と再び合同。同時に、旭東丸、日栄丸とも合同。

直ちに、燃料不足である「高雄」を皮切りに曳航補給を開始した。真夜中ということもあり、月も西の水平線に没していて、まっ暗闇の中での補給作業であれば、誠に困難を極めた。光を出すことはもちろん絶対にできず、全員見張りに付いて敵潜水艦を警戒しながらの補給である。

〇一三〇、補給を開始。

〇三〇〇、二百トンの補給終了。

どうやら、トラック島までの燃料は確保できた。こうして、艦隊は再び、一路、トラック島めざして航行を続ける。すでに合同している十戦隊、三水戦などガ島攻撃に参加した艦隊も、みな悠々と航進を続けている。ただ、見えないのは十一戦隊だけである。なんとなく、来た時よりは淋しい感じがしてならない。

今日も、艦橋では幹部たちが、大きな声で話し合っている。十戦隊や三水戦の戦闘概報による新しい戦果を語り合い、海戦時の艦橋付近の戦闘状況などを大笑いしながら話している。艦橋は、話に花が咲き、賑やかである。ましてや艦長の話はまたまた格別に面白い。一つ二つ、ひねりを利かしているのでこたえられない。当直に立って眼鏡に付いていても、思わず笑い出したくなる。大げさに笑うこともできず、じっと我慢して笑いを噛み殺すのも、なかなか辛い、大変なことだ。

その合間には、

「明日は、映画をやるか」

「いや、それとも一杯飲ませるか」

などと副長と話し合っている。部下思いの面目丸出しで、こちらは思わず生唾をのみこむ。それはそれ、明日は十日ぶりにトラックへ入港である。無事にこうして帰れることを心から喜ぼう。出撃時は、「身はたとえルンガの沖に沈むとも……」という覚悟で出て来たのだったが。

十一月十九日、木曜日、晴。第三次ソロモン海戦の戦果発表――。

今日は午前中、大掃除。午後は、ゆっくりと休業ができる。夜もゆっくり映画が見られる。

今回の海戦を、「第三次ソロモン海戦」というのだそうだ。

その戦果は、次のとおりである。

〈第三次ソロモン海戦。大本営、十八日午後三時三十分発表〉

「十二日以来、戦闘続行中の帝国海軍部隊は、十三日夜、ガダルカナル島敵航空基地を猛撃。飛行場及びその施設に大損害を与え、さらに十四日には、敵航空機の猛烈なる反撃を排除しつつ、味方輸送船団をガダルカナル島に護送。

同夜、ガダルカナル島西方において、戦艦二隻、大型巡洋艦四隻以上を基幹とする、敵増援部隊と遭遇、これと激戦の結果、その主力部隊のほとんどを殲滅し、戦艦二隻に重大なる損傷を与え、これを南方に敗走せしめたり。

現在までに判明せる十二日以来十四日までの総合戦果、並びに、わが方の損害は次のとおり。
一、撃沈＝巡洋艦八隻（内新型三隻。五隻は轟沈）、駆逐艦四乃至五隻、輸送船一隻。
一、大破＝巡洋艦三隻、駆逐艦三乃至四隻、輸送船三隻。
一、中破＝戦艦二隻。
一、飛行機撃墜＝六十三機、同撃破＝十数機。
わが方の損害、
戦艦一隻沈没、一隻大破。

巡洋艦一隻沈没、駆逐艦三隻沈没。

輸送船一隻大破。

飛行機三十二機自爆、九機未帰還。

十二日以来十四日までの海戦を第三次ソロモン海戦と呼称す」

以上が、大本営発表である。

なお、アメリカも艦長戦死を発表。

〈リスボン発〉

「十二日のソロモン水域における夜戦で、アメリカ戦艦の艦長ノーマン少将、ならびに、甲巡サンフランシスコ艦長ヤング大佐が戦死した」（ノーマン・スコット少将は副司令官。なお、米側は司令官カラハン少将も戦死した）

今回の発表で、わが方の損害もかなり大きく、その発表内容も、相当、事実に近いものである。わが方の損害の中で、艦橋見張員として高橋兵曹が確認できたものもある。それは、戦艦一隻沈没と大破、駆逐艦三隻の沈没で、戦艦の沈没は「霧島」で、大破は「比叡」である。駆逐艦は、「夕立」「綾波」「暁」の三隻である。

また、昨日の研究会の結果、戦果の中で戦艦の撃沈が確実になれば、また追加されることであろう。

敵地での海戦であっただけに、わが方の損害も大きかったわけであり、もし、味方の制海権内であったら、絶対にこんな被害は受けなかったであろう。わが方の沈没した戦艦は、航行不能となったため、わが駆逐艦が仕方なく沈めたのである。これが味方の制海権内だったら、決して沈めたりはしない。なんとしても曳航し、修復させたことであろう。

とにかく、大本営発表は、十八日一五三〇であったから、この時、トラックではまだ研究会が盛んに開催中であり、終わっていなかった。研究会終了のあと、その戦艦撃沈の戦果が追加発表されるのを、楽しみに待つことにしよう。（史実によれば、この第三次ソロモン海戦で、米側は軽巡一、駆逐艦七隻を失ったほか、戦艦一、重巡二、軽巡一、駆逐艦二、輸送船二隻を大中破され、飛行機七十八機を喪失し、日本側は戦艦二、重巡一、駆逐艦三、輸送船十一隻を失い、重巡二、軽巡一、駆逐艦六隻を損傷、飛行機五十一機を喪失した）

さて、みなに親しまれてきた華族艦長・伊集院大佐も、いよいよ、退艦と決定したらしい。親爺のように愛情深き艦長であっただけに、なんとしても別れるのが惜しい。みな揃って、そう思っている（十二月一日付で退艦された）。また、副長も大佐に進級したので、今度新しくできる軽巡洋艦「大淀」の艦長に就任するらしい。航海長も、新たに山香哲雄中佐が着任した。山香新航海長は、艦隊に来たのは九年ぶりだという。静かな人で、今まで水路部員だったという話だ。

十一月二十一日、土曜日、晴後雨。「高雄」内地帰港決定。港出入艦船多数。二十一日より前進部隊上陸許可——。

〇二〇〇（午前二時）、起きると、すぐに夜明けの当直に立つ。みなが寝ている夜中に起きるのであるから、普通よりも余計に眠い。総員起こしの少し前から、スコールではなくて、南方では非常に珍しい静かな雨が降り出して来たので、起床が三十分遅くなった。

〇九〇〇、戦勝報告会が開かれた。艦長の戦勝報告は、実に素晴らしかった。みな胸を膨らませて聞いた。全員、まっ白な二種軍装に着替えて、あらためて、今後の武運長久を祈る。

そのあと、高橋兵曹は、新しい航海長の第一印象を試そうと、朝、作業予定簿を届けに行く。書類を差し出すと、頭を低く下げて応対してくれたのには、いささか、驚いた。高橋兵曹のほうが、むしろあわを食ってしまった。

「配置はどこか?」

「名前は?」

などを聞かれた。気取ったところのない人のようだ。面白いことには、

「第七分隊長とは誰かね?」

なんて、何もかも、とんちんかんなことを聞いたりする。驚いたり、少しあきれたりする。しばらく(九年間も)艦隊を離れていたからであろう。自分がその第七分隊長なのに、ぴんとこないらしい。

まあ、初対面の第一印象、感想は非常に良かった。好感の持てる新航海長だ。

前進部隊合同慰霊祭、山本長官の来艦

十一月二十二日、日曜日、晴。トラック島。秋晴れ、と言いたいが、暑い――。

ここトラックも、八月以降、もう四ヵ月になるが、暑さは少しも変わらない。暑いばかりで、毎日が嫌になる。少しぐらい涼しい時期があっても良いものと思うのだが、なんといってもここは熱帯地方であり、そんなわけにはいかない。これからは、さらに余計暑くなってくる。

〇七〇〇、散歩上陸の時間だ。弁当に水筒を持ち、ソロモン海戦で沈んだ「比叡」形見の水雷艇に曳航されたカッターに分乗、潜水艦基地の桟橋に上陸する。しばらくぶりに土の匂いをかぎ、胸一杯に陸の香りを吸い、大地を踏みしめた。それから、内地へのお土産にカツオブシを買った。腐るものでは困るのだ。あまり暑いので、アイスクリームを食べたら、五十銭もとられたのには驚いた。帰りには、「照月」と「大和」に立ち寄り、一時に帰艦した。

今日は、「大和」において第三次ソロモン海戦の研究会が開かれた。

終了後、直ちに、「日進」「高雄」「五月雨」の諸艦が、それぞれ母港へ向けて出港した。退艦者もこれに便乗した。本分隊からも、三名の高練入校者と、鈴鹿空行きの川口、北条の両短現兵（短期現役兵＝師範学校出身者等）が退艦した。

七分隊の掌航海長は、相変わらずの情けなしで、人使いが荒い。休業でも兵隊を使いたくて、今日も整備作業に駆り出し、退艦者も見送らせないので、みな憤慨して不平たらたらだった。

本日はまた、午後二時半より前進部隊の慰霊祭が行なわれた。参列者は、連合艦隊司令長官・山本五十六大将をはじめとして、各長官、司令官、艦長、司令等が前甲板に並び、乗員全員が二種軍装に威儀を正して整列、神官も来艦し、盛大に挙行された。大きな白柱には「前進部隊MI作戦攻略部隊戦没者之英霊」と記され、それを中央に、軍楽隊の奏でる静かな曲が流れるなか、無事に終了した。

この英霊のなかには、駆逐艦「暁」の戦死者二百二十名（全滅）もいると思うと、高橋兵曹は戦友・櫛田兵曹のことがしみじみと思えて、胸が熱くなり、いちどきに、淋しさと悔しさがこみ上げてきたという。

十一月二十四日、火曜日、晴。消息不明搭乗員の告別式施行——。

碇泊しているのも、なかなか退屈だ。幾人か集まると、先日の夜戦の話がすぐ始まる。その次は、決まって母港へ帰る噂である。もっともらしいデマをとばすやつが後を絶たない。しかし、このようなデマには、みんな喜んで乗ってくる。

「来月五日に、母港へ向けて出港するらしいよ」

「ほんとか?」

「なんでも、来月の俸給は横須賀で支給すると、庶務で言っておったぞ」

「それは有り難い。今度こそは間違いないらしいぞ!」

こうして、母港への夢を抱きながら、転錨し、内地からの郵便物も届き、それに一喜一憂する。それから、映画の夕べから陣中演芸会へと、しばらくぶりに楽しい日が続いて、十一月もそろそろ終わりに近づいた。

あとがき

戦争の記録を正確に伝えることは、大変に難しい。

それは、再現不可能なる戦闘の特異性と複雑さによるものであり、人間の記憶のあいまいさと、数十年の歳月に押し流される部分が多いことによる。

いかに強烈な戦闘であっても、人間の記憶というものには自ずから限界がある。また、同じ戦闘の場合でも、体験した人間によって種々の様相と状況が浮かび上がってくる。同一人物による戦場描写にしても、聞くたびに違った状況になりかねない。

熾烈な戦争の記憶というものは、それほどに再現困難なものである。

この記録を提供してくれたのは、戦友・高橋元上等兵曹である。

高橋上曹は、第二艦隊旗艦・重巡「愛宕」の艦上にあって、航海科員として活躍した人物で、開戦当初から、常に艦橋上の戦闘配置にあり、艦隊の動静と激しい戦闘等、自分の眼でその模様を見て来たのである。

当時、戦いの合間に、一字一字、丹念に書き残した日記的記録は、誠に貴重な資料である。これを埋もれさせるのは、いかにも惜しい。

この書が、戦争（海戦）の実状を少しでも知らせることによって、今なお南太平洋、ソロモン海の海底や島々に眠り続ける膨大な数の英霊に捧げる一助になればと願っている。

戦争の体験者も日増しに少なくなってゆく。真実を伝えることができるのもあと少しである。

小板橋 孝策

平成十九年十二月八日

NF文庫

「愛宕」奮戦記　新装版

二〇一八年三月二十日　第一刷発行

著　者　小板橋孝策

発行者　皆川豪志

発行所　株式会社　潮書房光人新社

〒100-8077　東京都千代田区大手町一-七-二

電話／〇三-六二八一-九八九一(代)

印刷・製本　凸版印刷株式会社

定価はカバーに表示してあります

乱丁・落丁のものはお取りかえ致します。本文は中性紙を使用

ISBN978-4-7698-3060-3　C0195

http://www.kojinsha.co.jp

NF文庫

刊行のことば

第二次世界大戦の戦火が熄《や》んで五〇年——その間、小社は夥しい数の戦争の記録を渉猟し、発掘し、常に公正なる立場を貫いて書誌とし、大方の絶讃を博して今日に及ぶが、その源は、散華された世代への熱き思い入れであり、同時に、その記録を誌して平和の礎とし、後世に伝えんとするにある。

小社の出版物は、戦記、伝記、文学、エッセイ、写真集、その他、すでに一、〇〇〇点を越え、加えて戦後五〇年になんなんとするを契機として、「光人社NF（ノンフィクション）文庫」を創刊して、読者諸賢の熱烈要望におこたえする次第である。人生のバイブルとして、心弱きときの活性の糧《かて》として、散華の世代からの感動の肉声に、あなたもぜひ、耳を傾けて下さい。

＊潮書房光人新社が贈る勇気と感動を伝える人生のバイブル＊

NF文庫

私記「くちなしの花」　赤沢八重子

ある女性の戦中・戦後史　『くちなしの花』姉妹篇――一戦没学生の心のささえとなった最愛の人が、みずからの真情を赤裸々に吐露するノンフィクション。

蒼天の悲曲　須崎勝彌

学徒出陣　日本敗戦の日から七日後、鹿島灘に突入した九七艦攻とその仲間たちの死生を描く人間ドラマ――著者の体験に基づいた感動作。

特攻長官 大西瀧治郎　生出 寿

負けて目ざめる道　統率の外道といわれた特攻を指揮した大西海軍中将。敗戦後、神風特攻の責めを一身に負って自決した猛将の足跡を辿る感動作。

日本陸軍の機関銃砲　高橋 昇

戦場を制する発射速度の高さ　歩兵部隊の虎の子・九二式重機関銃、航空機の守り神・八九式旋回機関銃など、陸軍を支えた各種機関銃砲を写真と図版で紹介。

海軍水上機隊　高木清次郎ほか

体験者が記す下駄ばき機の変遷と戦場の実像　前線の尖兵、そして艦の目となり連合艦隊を支援した縁の下の力持ち――世界に類を見ない日本海軍水上機の発達と奮闘を描く。

特攻隊語録　北影雄幸

戦火に咲いた命のことば　祖国日本の美しい山河を、そこに住む愛しい人々を守りたい――特攻散華した若き勇士たちの遺書・遺稿にこめられた魂の叫び。